U0514133

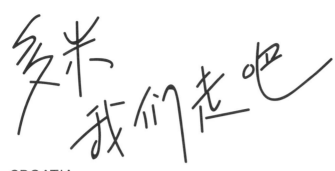

CROATIA

SUNSHINE

文—林硍涯　摄影—苏晶欣

四川文艺出版社

图书在版编目（ＣＩＰ）数据

多米，我们走吧 / 林硍涯著；苏晶欣摄影 . -- 成
都：四川文艺出版社，2019.1
ISBN 978-7-5411-5210-8

Ⅰ.①多… Ⅱ.①林…②苏… Ⅲ.①游记—作品集
—中国—当代 Ⅳ.① I267.4

中国版本图书馆 CIP 数据核字 (2018) 第 270050 号

DUOMI,WOMENZOUBA

多米，我们走吧

林硍涯 著　　苏晶欣 摄影

责任编辑　　彭 炜
装帧设计　　CH-LAB
责任校对　　段 敏
责任印制　　唐 茵

出版发行　　四川文艺出版社 (成都市槐树街 2 号)
网　　址　　www.scwys.com
电　　话　　028-86259287（发行部）　　028-86259303（编辑部）
传　　真　　028-86259306

邮购地址　　成都市槐树街 2 号四川文艺出版社邮购部 610031
印　　刷　　成都市金雅迪彩色印刷有限公司
成品尺寸　　168mm×238mm 1/16
印　　张　　18.25　　　　　　字　　数 260 千
版　　次　　2019 年 1 月第一版　　印　　次 2019 年 1 月第一次印刷
书　　号　　ISBN 978-7-5411-5210-8
定　　价　　58.00 元

版权所有·侵权必究。如有质量问题，请与出版社联系跟换。028-86259301

我一直想做一个不要长大的孩子，可我有了一个孩子，她叫我妈妈。

这样我有了更多的理由去玩幼稚的玩具，
看好笑的卡通片，
读蠢兮兮的绘本，
我们一起玩吧。

你学着怎么用勺子和叉子的时候，我学着怎么把蔬菜变成你人生中第一口辅食。

你走着走着摔跤了，我学着怎么用仅有九十厘米的新角度看世界。

你指着因纽特人冰屋咿咿咿叫，我学会了那个 igloo 的单词。

你三岁半，我三十几。

抬头看着星空，迈步行走世界，我们一样都是孩子。

< **目 录**

序

———

董晓烨

我和 KIKI 姐（本文的作者林碢涯）一家还有摄影师小新，约定一起旅行，商量着要去一个都没到过的国家或地区。

巴尔干半岛是我们共同的空白。我对巴尔干半岛充满好奇，前南斯拉夫，历史上东西方帝国的角逐之地，欧亚各民族大融合之地，曾经在战火中满目疮痍，如今尘埃落定后平和美丽。

最终我们选择了克罗地亚。这个国家屡登 Lonely Planet 欧洲最佳旅行地榜单第一名。LP 的推荐语是："如果你的地中海之梦是温暖的天气和古城墙下蓝宝石般的海水，那么克罗地亚就是让你梦想成真的地方。"还有我的一点"私心"。作为美剧《权力的游戏》资深粉丝，怎么会不想亲眼看一看"君临城"——杜布罗夫尼克呢？拜占庭君士坦丁大帝在给他儿子的书信里提到过这个悬崖上的城市，萧伯纳则说："如果你想看到天堂到底是什么样子，那么去杜布罗夫尼克吧！"

好的，克罗地亚，我们来啦。

克罗地亚靠近亚得里亚海,有着非常漂亮的沿海公路和海滨小镇。海岸线蜿蜒绵长,足有 1700 多公里,大小岛屿上千个。我们从首都萨格勒布沿着海岸线走到了杜布,一路看着美景,享受着美食。翻到在克罗地亚时写的行走日记,有一句话:"阳台上小坐,看灯火晒过,星光、海浪轻柔,远比歌声温柔。"喜欢慢悠悠在老城在街边喝一杯啤酒,买一束花,在咖啡馆看书看人。克罗地亚是一个可以让人安静下来的国家。

然后有了这本《多米,我们走吧》。《多米,我们走吧》是"行舍"2018 年出版的第二本旅行系列丛书。第一本《择一城而短居》,我们邀请了十位作者以短居的视角,写各自生活过的城市。而《多米,我们走吧》,是深入一个国家的旅行,以及深入一个国家的记录。

还会有下一次。我们会一直走下去,记下来。这是"行舍"的理想。

"行舍"的"舍"字是个多音字,读 [shè] 时,意为旅行中的家。拉着一个能装载生活日常、习惯、味道或思念的旅行箱,去到一片陌生的土地,发现真正的自己,想要什么,是"行舍"的一层意义。读 [shě] 时,体现的是一种人生哲学。我们将人生视为一场长旅,子曰:"用之则行,舍之则藏"。佛说:"行事修行,舍是舍弃,行一步,舍一步。"不管何种旅行,你都要行得动、舍得起。

"行舍"希望成为一个有关旅行的中国品牌,为旅行者提供从旅行箱、背包到小客栈和旅途上小店的多种服务和产品。旅行箱是我们的起点,有了起点,就一定会继续走下去。

感谢四川文艺出版社原社长吴鸿先生,感谢克罗地亚的好朋友文燕,也谢谢所有给这本书帮助的人。

多米，我们走吧

多米，我们走吧

01

红屋顶与
奶酪配火腿

/

"我喜欢蓝莓酸奶和硬奶酪！"小朋友舔着勺子。

"那爸爸你呢？"

"噢，我喜欢腌鱼啊，什么鱼我都喜欢！"

　　睁眼醒过来，还是暗黑的房间，几乎伸手不见五指，旁边有轻微的呼吸声，是多米小朋友和鲍鲍还在熟睡着。

　　我习惯性小心地打开手机灯，轻声摸索着移动到窗前，拉开一点点窗帘，也就一厘米的间隙。远处天色刚开始苏醒过来，能看得到整片天空，深蓝夹杂着丝丝深红色的晨霞，尖顶的房屋密集得如一局国际象棋似的，看不太清楚，天还是没有完全亮，正对窗户下端的是排高高的树，遮住了马路。昨天深夜入住时，就已经打开窗帘探望过窗外，当时一片漆黑，只听得到汽车轮子滚动在柏油马路上的呼呼声。趁着这丝丝的光线，看看尚处在熟睡中的多米，还是由小婴儿保持到现在的青蛙投降式睡姿，"嘿，让你精神抖擞在飞机上不睡觉！"每次看到这个双手举在脑袋两侧的呆姿态，总是耐不住快速回想下白天她让人无奈或生气的样子，在脑子里用意念呼扇一掌表示下泄愤，

> 比起到达旅行目的地后的兴奋，出发前一切就绪地托运走行李箱，在候机大厅的玻璃幕墙上折射出充满期待的笑脸，这样的时刻尤其值得怀念。

然后又快速切换到"这孩子还真是可爱啊！"这种示弱感十足的怜爱里。

北京时间昨夜？还是前天？已经混乱了。经历了长途飞行抵达法兰克福，再等候转机来到萨格勒布，从上海起床出发直到抵达躺在舒服的酒店床上，已经是几乎二十四个小时了。我们带了好几个箱子与推车，然而酒店的房间特别迷你，甚至都没有办法安放下箱子。很多时候，为了睡眠舒服，一家人经常会要一个双床标间，这样可以将两个床合并起来变成一个超大的全家床。而这次酒店房间虽然很小，但还是贴心地为我们加了一个小床，那就用最舒服的睡眠空间来交换掉行李空间好了。在多米诞生之前，我和鲍鲍经常这样飞，甚至还会特意选喜欢的航空公司而故意转机。带着个小朋友，就少了很多飞行体验乐趣，背着大包小包与书籍零食玩具，恨不得一上飞

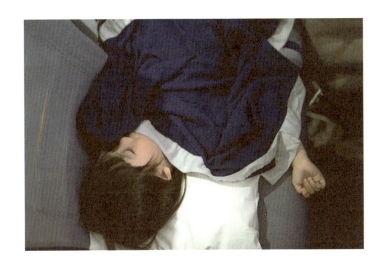

红屋顶与奶酪配火腿

多米，我们走吧

机她就睡觉，一觉睡醒就落地。可能是太过于兴奋，这次的整个飞程里多米几乎都没睡觉，也好，应该是直接过渡到无时差了。哎，我还真的是进步了，能这样想着自我安慰啊。

"妈妈，你看，这里是公主城堡吗？"

我举着吹风机，线太短，是固定在墙上的那种简易吹风，只好从洗漱间探出头来。啊，窗帘已经被拉开了。这是一个又宽又低的玻璃窗户，营造出一种宽荧幕的特效，外面已经天色大亮了，好像在看电影画面一般。已经醒过来的多米激动地用手指着窗外的橙红尖屋顶们，看惯了上海的摩天大楼与高架，这样的巴洛克式建筑在小朋友眼里不就是一个凭空出现的童话世界吗？我们坐在窗台边，伸出手去试探一下外面的温度，是热热的初夏感觉。

"妈妈，在城堡国家我应该是穿裙子吧？"
"是的，是的，我把你所有的漂亮裙子都带着呢。"
"Yeah! 太好了！"
她欢呼着奔向洗漱间，"对了，我还要一顶草帽，妈妈。"

看着这个雀跃的小女孩，是的，一瞬间她已经是三岁半的小童了，而在我们口中，经常还是习惯性地称呼她为 Baby。她喜欢裙子，喜欢一切能让她更散发女孩气息的装饰。她不再是那个坐着推车出门，帽子也遮不住稀稀拉拉的小短发，而被大家喊着"弟弟"的多米了。

我转头又望了一下窗外，大部分是橙红的瓦片屋顶、夹杂着石色的雕花墙体、偶尔镶嵌一些松绿色与金色的豪华巴洛克风古建筑，再加上蓝色的天空，这真是个色彩丰富的城市，视线可及之处并没有任何屋顶广告牌。多米就穿那件黑色与白色大圆点的 A 字连身裙吧，配上带有乳白色绣织花边的草帽应该可以假装是一个优雅的小姑娘，在城市里应该不用很野，并且爸爸还会带着推车。那第一天，我们一家都和谐一点，

"妈妈，你看，

这里是公主城堡吗？"

跟着多米的裙子，选灰黑色系的衣服，看看这个色彩城市这样的高饱和度与绚烂，黑色会被衬托得更好看吧。

　　早间的餐厅必须通过大堂，铺着非常怀旧的厚米色地毯，方形的柱子装饰着中国人看来比较过时的茶色玻璃，让人想到了 20 世纪 80 年代的五星级饭店。这么早，已经有很多旅行箱候在前台了。我们走入餐厅，哇哦，一大半座位是阳光充沛的玻璃顶，拉着白色的布帘，晨光透进来，照着几个浅金色头发与麦色皮肤的客人。我迷糊的眼睛突然之间清晰了，可能是足够的亮光，与低调的大堂形成相当大的反差。几大盘各式生火腿肉、橄榄、面包，还有 Mozzarella Cheese 配番茄、腌制咸鱼、软硬芝士、炒蛋与培根、酸奶和鲜榨橙汁……典型的欧陆风格早餐。看来，我们三个人都已经用目光找寻到自己喜欢的食物了。

　　一顿唤醒灵魂的早餐，必须具备什么？像我这种美食博爱患者，真的说不出来唯一答案啊。走哪吃哪，都是可以的。小时候爱吃一碗紫菜虾皮汤，配上一客蒸汽腾腾的小汤包。或者是站立在吱吱响的平底铁锅旁，候着出炉的脆底锅贴，用一个小纸袋包着，边走边吃嘴唇冒油。后来离开了家，去了北京，学校门口的包子铺是称重量卖包子的，在一堆卷舌音里冒出一句"我只要一两包子！"还是很有存在感的。单身的时候，早餐换成了一杯鲜榨蔬果汁。为杂志埋头工作到深夜时，早餐就直接与午餐合并成所谓时髦的 Brunch 了。在美国，我学会了做流心芝士的煎蛋卷。在泰国，一碗散发鱼露香气的肉片豆芽面。在日本，便利店的小饭团……想着小时候最美好的早餐记忆，是和爸爸妈妈一起吃周末早茶，大人聊着天，我只关注着桌子上那一个个小碟，还有时时过来的推车上更多的小点心。这样的丰盛感，让人至今回想起来还是幸福满满的。怪不得，我现在还是喜欢满满一桌，可话说回来，谁又会不喜欢这样呢？多米小朋友舔一口酸奶盖，啃一口羊角包，眼睛又好奇地打量着周围客人的餐盘，餐桌上一杯纯水，一杯橙汁的摆放，让她也忙不迭地交替着喝，真是充实得很。桌旁擦身而过的是那些高挑又纤瘦的欧洲姑娘们，一个餐盘里面可以把生火腿、奶酪与吐司堆成一座小山。"噢，鲍鲍，你看，这些让我吃的话，大概可以当作一个礼拜的早餐分量了吧？"

多米，我们走吧

　　哎，先吃一口生火腿。克罗地亚的生火腿与意大利的比较像，柔软，但味道很咸，贪嘴吃多了会越来越咸。火腿真是个奇怪的发明，说是欧洲三大发酵食品，但在远隔十万八千里的中国也是异曲同工。可能共性都是古老历史的国家，对于美食的追求兜兜转转，虽说是截然不同的文化，却在火腿这个食物上相交了。记得我还是个小女孩的时候，就听外婆说，毛脚女婿是要拎着整只火腿上门的哦，想来现在这个中国传统已经被慢慢遗忘了。待以后复古风刮起，是不是又要重新回归这个旧习？唔，我还是再吃一口生火腿，异国第一顿早餐么总是胃口最好的。

　　"我喜欢蓝莓酸奶和硬奶酪！"小朋友舔着勺子。
　　"那爸爸你呢？"
　　"噢，我喜欢腌鱼啊，什么鱼我都喜欢！"

02

为无处安放的感情
找一个出路

在离开时，多米又自顾自地在失恋博物馆小小的正门口旋

转起舞了，清水泥敞亮的地面也映衬着圆点舞裙的裙摆，

转圈又转圈。

还没有见到海。

出行前，在 Google Map 上看了一下克罗地亚的地图，为其所拥有的长长海岸线而惊叹了一下。朋友听说我要去这个中国人不太熟悉的国家，特地查了些漂亮的照片分享给我，我从不看网络攻略而旅行，大部分时候的 Road Trip 都是拿了地图，纵览一下全观，找到最靠近海的那条公路就可以了。和鲍鲍在一起的记忆总是在各地玩，旅行总归是他开车，二人世界的时候，有过十几个小时长途飞机一下来，就直接取车飞驰大半天在路上的经历。又是一对"好搭档"，我选公路选音乐定行程，他享受驾驶，简直是拉力赛车手的活标本。我有很多坐在副驾驶上对着窗外的公路视频，虽然连壮丽风景的三分都摄入不了其内，但每次打开看看，就可以立即回到那个时刻中去。

> 好像是结婚第一年的"好搭档"合影。

不，其实我觉得称为"好搭档"有点自我吹嘘了。实际上，一个不会开车的坐副驾驶席位负责导航，一个驾车高手只管往前冲并时不时要留恋下公路旁边的风景，争吵就成了 Road Trip 的一个重要部分。回忆总是会把当时的气氛淡化……不玩相敬如宾的我们，在抨击对方智商问题上是毫不留情的，暴怒症患者是需要检讨的，道理往往是很容易明白的。好了，就算是充斥着这样的 Road Trip 回忆，我们倒是已经安然度过了婚姻里面的七年之痒。

　　那这个世界上的别人，是有怎么样的相处或是情感回忆？

多米，我们走吧

为无处安放的感情找一个出路

> 透过瞭望台的扇形窗户，可以看到最美丽的马赛克艺术屋顶，它是圣马可教堂。

多米，我们走吧

> 离开失恋博物馆后，走在山道上，有一整片同心锁铁栅栏，这里可以眺望到视野最尽头。

　　萨格勒布是一个真正的博物馆之城，市内有各种各样的博物馆，品种之多无法数清，算下来它平均面积内的博物馆要比世界上任何一个其他城市都多。萨格勒布连墓地都可被誉为是一个生动的历史博物馆。散步在老城区，我们将前往一个获得了欧洲最具创意博物馆大奖的"失恋博物馆"，就算是有博物馆之城美誉的萨格勒布，这个迷你的私人博物馆还是显得特立独行。失恋博物馆的创始人原本是一对恋人，格鲁比希奇和女友韦斯蒂卡，在相恋了四年分手之后，如何处理相爱期间的感情遗产，给了他们创办失恋博物馆的灵感。从一开始身边的朋友分享，直到来自于全世界1700多件感情物件。每一件物品都附有介绍，列明感情期限与爱情的故事。

多米，我们走吧

⑤ I can't afford to post your (numerous) Love Letters to Australia and also I would feel less guilty about my carbon footprint if you were a bit more local

⑥ Lately [I've] been finding lots more money than usual [on the] streets of London

⑦ I'll [see] you naked alot

⑧ If [you prefer] I could keep my clothes on at all tim[es] [embarras]sed eat)

⑨ I [think] [Au]stralian's music scene has never bee[n] [s]ince Brian Macfadden we[nt] [there]

⑩ I'm [not] good enough for you, but I'm sure I mu[st] [kn]ow somebody who is. Bella? She's coming back to LONDON YAY!

> 既然目不识丁，那就旋转起舞好了。

多米，我们走吧

与其坐落的古老上城区是非常截然不同之风格，失恋博物馆有着纯白色的墙壁与黑色简约字体，纯现代派的视觉设计。在一片纯白色之中，我们看到展品千奇百怪，有古老的照片，有年代感的礼服或婚纱，单只高跟鞋，一把斧头，泛黄纸头上的手写情书，超市的货篮子，每件展品都是被托付了捐赠者的情感了吧。别人的垃圾，他们的宝贝，别人经历过的，有人正承受着。

多米在这个略带伤感与严肃的白色空间里肆意穿行，在三两群认真解读展物的参观者中显得尤其格格不入，直到一只长着卡通小狗面孔的彩色毛毛虫展物，留住了她的脚步。小朋友总是被色彩丰富形态怪异的卡通所吸引。在没有孩子之前，我总不相信这种说法。一直到多米七个月大的时候，她还不能自主坐直，需要依靠背部支撑点才能久坐。作为新手妈妈，自然非常忧虑这个事情。在她七个月大的第一天，恰巧购回来一个色彩无比艳丽又有着夸张表情的卡通人物形玩具，几乎就在玩具放下的同时，小小的多米眼睛里闪耀着光芒，一个人挺直了背坐起来。一个玩具就能帮小朋友瞬间学会技能，那次之后，我希望这些幼稚的玩具成为她的好朋友，毕竟童心与梦幻的想象力是谁都想要保留的。

而看起来天真无邪的彩色毛毛虫展品下方写着它所经历的故事。两年的异地恋情，波斯尼亚和黑塞哥维纳萨拉热窝。"我有着伟大的，真正伟大的爱，远距离的恋爱，我们梦想生活在一起，每见到对方一次，就把毛毛虫的一只脚撕掉。"有一个约定，如果整条毛毛虫的脚都被撕掉的那一天，就是可以生活在一起的日子……最后这条还有许多脚的毛毛虫静静地躺在这里。

多米，我们走吧

在多米诞生之前我一直有收集旧物的爱好，特别是家族旧照片与信件，当家里孩子的玩具与用具越来越多的时候，这个爱好也就暂时停止了。失恋博物馆的展品各异，最吸引我目光的还是失去了色彩的黄色旧照、钢笔书写的信件。

有一封信，稚嫩的笔迹，随意从线条笔记本上撕下的纸张，让人感觉很熟悉。仿似我初中刚开始学习书写英文字母，认真又严谨地遵照着笔记本子规划好的线条书写。这是一个刚满十三岁没几天的孩子，写于 1992 年 5 月间的萨拉热窝战火中。"那时我刚满十三岁才几天，就跟随护卫队从萨拉热窝的战火中逃离。离开城市的时候，我们被扣留做了整整三天的人质。Elma 的车就在隔壁，上面有她妈妈，还有其他人，但我已经记不清了都有些谁。只是记得她太美了，金发碧眼、皮肤白皙。我爱上了她，带着孩子般的诚实，并在这封信里向她表白。我给过她一些磁带，因为她走的时候太匆忙了，没来得及带上她自己的音乐。但是三天后，我们就忽然被释放了，Elma 的车在

Travnik 附近消失在了我们的视野中。我没机会给她这封信，而她也没能还给我那些 Azra、Bijelo Dugme、EKV、Nirvana 等等的磁带……自然啦，我再也没见过她，而现在我只希望那些音乐能够让她记起那次可怕经历中那些美好而可爱的回忆。"

　　环顾一下失恋博物馆，每一个展品都试图述说自己曾经的快乐能量，它们又去了哪里？参观者们安静又严肃，而小朋友目不识丁，无法感知到这么可爱的几个玩具却是被作为沉重的记忆。在这里提供一个战胜情绪崩溃的机会，让人从失败的感情中得到恢复和救赎，为无处安放的感情找一个出路，物件承载着逝去的欢乐时光。

　　在离开时，多米又自顾自地在失恋博物馆小小的正门口旋转起舞了，清水泥敞亮的地面也映衬着圆点舞裙的裙摆，转圈又转圈……门外，是另外一整片千年历史的老城建筑，斑驳的墙壁与阳光的投影中，一对年迈的夫妻相依相随弹奏着吉他。

　　我们彼此都有处安放，坐在飞驰的车上，再一边怔怔地盯着车窗外的风景，时间随着流云幽幽然离我而去。

03

花的游历

"当然!
我的车厘子比蜂蜜还甜,
你看它多么新鲜,
想尝尝吗? "

> 如果可以，我们想为每一朵花停留一步。

　　萨格勒布的发源地是两座山，Kaptal 就是圣母玛利亚升天大教堂所在地，另外一处是 Gradec。它们组成了富有年代感的古老上城区。多拉茨市场 Dolac Market 是上城区与下城区的分界线，从广场一侧就看到很多鲜花，原来那是一个个鲜花市集摊位。眼前是娇嫩缤纷的花儿，在阳光下透着闪闪发亮的光泽，卖鲜花的都是一些花白头发的老人了，他们平静的脸上微微浮现出笑容，看不出曾经历经乱世的疾苦。

多米，我们走吧

尽管与中国有着千万里的距离，但所有的花儿也并不令我感到陌生罕见，甚至还发现了大红色的鸡冠花。看到鸡冠花，简直是迸发出童年戴着红领巾的一切记忆。我的小学，校园里有着绿色油漆铁栏杆包围的花坛，花坛里一般都有鸡冠花的存在，还有一串红、月季花。这三者像死党一样密不可分，展现出我们是与祖国的花朵一同茁壮成长的骄傲立场。鸡冠花长相豪华隆重，有着丝绒般的外观，并有点遥不可及。一串红就显得亲切许多，花骨朵里面有甜汁，让我们多少小朋友充满着童年的美味回忆。我的同学里面甚至还有一个吃一串红的小分队，让花坛都为之颤抖。没人伸手去触及鸡冠花，那种浓烈的颜色真叫人不知怎么是好，也没有见过谁把鸡冠花做成花艺。可是在多彩、阳光通透度极高的萨格勒布，这种产自南美与非洲的花，这回是找对了地方，显得妖娆又绰约。

穿行过这条短短的漂亮鲜花街，有一个高高的上行台阶。看那些台阶，充斥着岁月的痕迹，它连接着上城区，也是多拉茨市场 (Dolac Market) 最热闹的区域。一整片的红色遮阳伞，挤满了不大的市集。也许是阳光太过于充沛了，这里的水果蔬菜看起来不是非常水灵，但颜色倒是浓郁，每一个摊位上都竖立着手写标价牌，摊主也用不着多吆喝。我在一堆深红色的车厘子面前迟疑了一下，它前面的手写牌价格是二十库纳每公斤，"是这个价格吗？"我问了一下摊主爷爷，因为除了全球统一的阿拉伯数字与公斤的单位显示，其余的文字我都不认得。

"是啊是啊，二十库纳每公斤！"（库纳和人民币几乎等值）

"是公斤，没错吧？"

"当然！我的车厘子比蜂蜜还甜，你看它多么新鲜，想尝尝吗？"

尝尝就放不下了，买回去就又觉得买少了，少吃多滋味，留一个念想。

> 古老的上行台阶成为了城市的分界，将它分成老城与新城两块区域。

04

老城短游

"爸爸，我们可以点蜡烛吗？"

"这不是生日蜡烛。"

"我知道……这是安静的蜡烛。"

> 教堂两座超过一百米的尖顶，在一片红屋顶中是那么高耸入云。

在中国的时候，我们还从没有带多米去过庙里。有一种民间的说法，可爱的孩子去了庙里，也许会被菩萨看中带去做童子。天下所有的妈妈估计都觉得自家孩子是可爱的，所以我们不能冒这个险了。哈，实际上是庙的香火旺，信徒又众多，烟雾袅绕。我偶尔陪多米外婆去庙里，双眼会被烟雾熏到流泪无法睁开，头发里与身上的香火气倒是很讨人喜欢。带着低龄小朋友去庙里，真有点自讨苦吃吧。

萨格勒布有一个全市最高的建筑，两个尖形的螺旋塔直指蓝天。如果有看过一些 Google 上的介绍，那这个建筑一眼就可以认出来，圣母玛利亚升天大教堂，也曾被叫作圣斯蒂芬大教堂，它在萨格勒布的有名程度相当于上海的东方明珠塔，已经成为城市的象征。我与鲍鲍都很喜欢宗教建筑，我们并不是虔诚的信徒，但无论是庙宇还是教堂，那种独有的肃穆氛围与奇妙光线折射，是任何一种其他建筑都无法达到的境界，本着对美好事物的审美追求，圣母玛利亚升天大教堂是我们一定要去的地方。

多米，我们走吧

　　穿行在这个起源于中世纪的城市，萨格勒布有线条笔直的奥匈帝国时代建筑，也有棱角浑圆的社会主义大楼。虽然是旅游旺季，但从我们眼里来看，都不算是很多人，甚至如果是在上海的公共空间，如果看到这么一点游客，是要鼓掌为今天独占好风景而自喜了。与很多欧洲城市一样，在耶拉其恰广场中央矗立的是民族独立领袖人物耶拉其恰的雕像。记得曾经看过一个对欧洲城市广场历史的概括：是公民与当权者互动，权利和权力抗衡在空间中的体现。而今已经失去了这些表达的需求，转型成为萨格勒布的繁华中心，许多年轻人约会见面的地点。包围着广场的是时髦的商场，橱窗里有着我们熟悉的全球品牌商品。多米看到这样一个宽广的空地，再也坐不住她的推车，便下来奔跑。鸽子在咕咕咕叫着散步觅食，还有一个穿着草绿色燕尾服加上高耸礼帽的泡泡艺人，全副武装在广场正中央，用两根长竹棒加上一个个连接起来的圈圈，蘸取泡泡水，在为孩子们表演巨型泡泡。太阳光很强烈，把泡泡折射得很漂亮，很多小朋友都迷上了泡泡，一个个追逐着直到大泡泡消失在天空。

因在烈日下追逐泡泡而出了满头大汗，多米被爸爸带到广场的阴凉处休息一下。我拿起相机，在逆光下拍点人像照片，特别好看。这一刻，有一个金发年轻女子加入了我的拍摄阵营，"哦，她真是好可爱，我能给她拍张照片吗？"金发女子一直笑盈盈地看着多米的裙子与帽子，她有一种马上要去度假的放松感，手里拿着一个草编西瓜包，"这是我自己做的西瓜包，觉得与这个可爱女孩的裙子好搭，所以想和她一起拍张照片。"我想，她应该是一个原创品牌设计师？穿着比当地人显得更时髦精致，她拿出手机给我看了看她的 instagram 账户，当下就有点拉近了与我的距离，因为我也是一个 instagram 迷，让自己的小世界与这个大世界能连接在一起，上面有散布在世界各大角落的一样爱好之人。"多米，我们来拍一张吧。"多米很高兴地拿着红囊绿皮的西瓜包，她那黑色白圆点点裙子有点像是绘本里面那些夸张了的西瓜籽一样，咔嚓一下，在萨格勒布的耶拉其恰广场上留下了 Snapshot。而后，我在 instagram 上看到了多米那张照片，呆呆地抱着西瓜包……

> 对于被别人拍摄这件事情，三岁半的小孩子还沉浸在欢乐中。有人告诉我，再过几年就算是父母的镜头，孩子也会把它当作是大敌人……

多米，我们走吧

> 广场、鸽子与吹泡泡，俗套三大件却是多米玩不厌倦的把戏。

多米，我们走吧

看着这照片，想起来大概我八岁的时候。在苏州园林游玩，穿着妈妈给我织的鹅黄色毛衣搭配水红色的小马甲，脖子里挂着一个黑色的玩具望远镜，一对金发老夫妇过来问"你几岁了？"当然我是听不懂的，那个年代应该已经流行学英语了，周围好多游客都争相给我翻译。老夫妇拿起了他们的相机，咔嚓给我按了一张照片，吱……相机里立刻就吐出一张方方正正的浅黄色相片，上面什么都没有，几秒钟后开始显现出人影，渐渐地那个红黄相配留着童花头的我就出现在照片上，这是我第一次看到宝丽来照片，这种立刻显现色彩的胶片让我很惊讶。他们又给了我一个黄颜色的气球，就说 bye-bye 了。那是一个很厚材质并带有金属光泽的气球，是我从来没有见过的漂亮气球，尽管只是这样小小的两样东西，却给我那次苏州之旅留下了很深的记忆，一直觉得自己是个很可爱的人呐。可能等多米长大一点儿了，让她看看那个 Instagram 上的照片，是不是也和我小时候一样，悄悄地在心里觉得自己是一个可爱的人呢？会偷笑吧。

多米，我们走吧

穿行过古老的街道，圣母玛利亚升天大教堂就出现在了眼前。除了本身的雄伟与美丽，它还是建筑风格变化的杰出例证，因为这个大教堂几乎是所有西方建筑风格的结合。萨格勒布主教区成立于1094年，此后不久大教堂的建造就开始了。最早期哥特式样的三个多角形屋顶圣所建于13世纪末。三个晚期的哥特式中殿建于14和15世纪，目的是使得空间高度相等。正在修建钟楼时，奥斯曼土耳帝国军队已经在萨格勒布附近，大教堂增加了炮塔外壁强化。17世纪，入侵的危险过去了，又修建了一个钟楼。而在当时，巴洛克已经成为最流行的风格，所以用来装饰了最华丽的祭坛。18世纪，在南部和东部的防御堡垒上重建，形成了一个巨大的主教宫。然而1880年的一次大地震，大教堂和城市遭受了极大的损失。大教堂是沿用新哥特式的线条，按当时整个欧洲流行的风格重建，由此大教堂有了现今的样子，两条修长的塔楼耸立在萨格勒布的天际线。

一走入圣母玛利亚升天大教堂，就黑了下来，与室外的亮光形成相当大的反差。不光是亮光的反差，连声音都迅速安静下来，那种感觉非常不真实，我甚至不由自主地去挖了一下耳朵，错觉是突然被戴上了隔音耳塞似的。小朋友显然也被这样的氛围感染了，拉住爸爸的手，猫着腰轻声走步。哥特式的尖肋拱顶、修长的束柱、绘有《圣经》故事的彩色花窗玻璃，一切都有一种升华的力量，思绪直至被吸引到虚无缥缈的天空。从花窗玻璃立面透进的光线与顶部的极尽奢华的金色吊灯交织在一起，这样的光让人一定是想拿起来相机。在上海的寺庙里，经常会看到，虔诚的中国信徒在参拜菩萨，由导游带领的外国游客都在拿起相机对着菩萨的塑像拍照，现在正好交换一下。圣母玛利亚升天大教堂是带有对游客开放性质的场所，所以并没有在入口处标牌上显示不能摄影，我关闭闪光灯进行拍摄，除了表示礼貌之外，成片效果也更有意境。

"爸爸，我们可以点蜡烛吗？"

　　小朋友的心里也许觉得点蜡烛是与生日有关的事情。尽管对多米而言这是一件好玩有趣的事情，但在周围信徒的影响下，她神奇般地保持了宁静与小心翼翼。爸爸抱着她一起点燃了一根小小的蜡烛并跟随大家一起安放在烛台上。

　　用《圣经》的一句话来说，人的灵是耶和华的灯，鉴察人的心腹。

"爸爸，

我们可以点蜡烛吗？"

05

奔向蓝宝石海之路

"夏天真好！"

也许这个夏天，是多米所经历的最甜蜜的回忆吧。

克罗地亚拥有的海岸线让人看一眼地图就兴奋到发狂，那么长长长长，占据了整个亚得里亚海东岸。

就像不看旅行攻略的我，也是在地图上摸索着找到加州一号公路。弯弯曲曲沿着太平洋西海岸，从地图上显示的公路位置，就感觉是在召唤着你快进入梦境，直到反复走了四次才知道这是一条人气自驾路线，但就因为能遇到很多未知的风景，才不愿意提前通过攻略而知道。也曾因为看了上海至三亚的海岸线地图而一鼓作气出发自驾前行，但竟然发现为了追求效率的高速公路是绕开一个个紧贴着海岸线的自然弯角，所以沿途一路上什么风景也没有看到，尽管是这样，所有的乐趣被放到了小小的车厢里面，也是开心无比的记忆。

　　萨格勒布是始发地，所以我们仅是过客般停留了一天。这一天的确如同预报的温度一样闷热，甚至比出发时候上海当季的黄梅天还要热。比起追逐鸽子的有趣，比起阳光折射的大泡泡迷人样子，在多米的眼里这点热好像根本不算什么。还有满街的漂亮人儿都在晚霞的紫红色覆盖下，畅快地喝着啤酒吃着烤肉……到处都是夏季音乐节的年轻表演者们，在随意地弹奏着电子乐。夜晚的街头，就算已经快 21 点半了，太阳还没有完全下山，伴随电子贝斯的隆隆声，叫人不由自主会想要喊出来"夏天真好！"可能我们那些多带的冬装真的是要变成累赘了。

奔向蓝家河的电车

多米，我们走吧

奔向蓝宝石海之路

> 八个库纳换一个大球，敞开肚皮吃冰激凌的夏天才是真夏天。

多米，我们走吧

出门旅行，让习惯了的购物方式有了变化。有太多的步行机会了，擦身而过的一个个橱窗都在吸引着你过去。在很热的天气里最能吸引到小朋友的，是冰激凌。这里有着柔软新鲜的冰激凌，是意大利的 Gelato 式样，如一朵朵云儿般胖乎乎的蓬松感，有着各种水果的颜色，还有巧克力或者曲奇混合。一家叫 Zagreb 的手工冰淇淋店，上面写着诞生于 1950 年，看来是也经历了战争的洗礼，倒还是乐观地保留了充满童趣的 Gelato 造型，叫人一看就想陷入到那朵甜云里面不想出来。卖冰激凌的都是充满活力的年轻人，他们对顾客选择哪个种类而犹豫不决的表情非常淡定，丝毫没有因为后面顾客排着队而不耐烦，反而愿意拿着试吃的勺子，在一个个甜蜜云朵里面挖一勺给你尝试，但你却更加犹豫了……多米是太高兴了，每一个颜色都可以吃一口？这不是真的吧？简直不敢相信这种好果子。但吃遍了所有口味后，爹妈还是犹豫不决，而最有决心选一种爱吃的品种并坚定不移的人，还是这个小朋友本人。

在上海的时候，更多的是用汽车代步。被隔离在车窗外面的街道与商店，就像是很远很远。我变得很少走路逛街看橱窗，多米也没有机会继承到我小时候的一个特长，放学路上我是绕着商店柜台遛一圈才会尽兴而返家，只要大人问什么东西什么价格，我都可以像电脑一样汇报出来。可现在都变成了网购，每次多米想要什么东西，都会问一句："快递叔叔送来了吗？"

萨格勒布的物价，让已经习惯高物价的中国游客可以一路潇洒下去，仅标价八个库纳的冰激凌大球，之后就变成多米每日指定的食物之一了。

出行在外，就没有像在家一样特别克制小朋友的食物。在大好的气候里，满眼都是没有见过的事、物、人，有这一股新鲜劲支持着。小朋友又是跑又是跳运动量增大到平时的几倍之多，经常是一头一身的大汗，这样就不容易积食了，所以有福气可以肆无忌惮地大吃当地美食，这也是让她坚持行走的动力所在。也许这个夏天，是她所经历的最甜蜜的回忆了吧。

06

去乡村里度夏

"爸爸，你会弹吉他吗？"

"嗯，爸爸自己学的吉他，会弹小蜜蜂，哈哈。"

"小蜜蜂？不太厉害哦。爸爸，等我长到一百岁你和我一起弹吧。"

　　太炎热了，车外的实时温度已经显示超过了四十摄氏度。

　　巴士司机慷慨地大开冷气，尽管我习惯坐车的时候随手带着外套，也感觉有点瑟瑟发抖。看看车窗外的公路，驶出萨格勒布，离开红色屋顶遍布的古老城市，一下子变成灰色高速公路的无趣。多米在爸爸的怀里沉沉睡去。

多米，我们走吧

这条公路驶向伊斯特拉半岛 Istra。Molim vas, mozete li me slikati? 拿着佳能 500D 相机的美少女用一句克罗地亚语，问候了这个隐秘又低调的伊斯特拉半岛。在佳能的画面里，它有和蓝宝石一样纯净的海洋，也有临海而建的七彩可爱房屋，更有隐世山城的古老，被称为蓝色伊斯特拉和绿色伊斯特拉。伊斯特拉半岛如今分属于克罗地亚、意大利和斯洛文尼亚三个国家，从中世纪开始，这里就不停地上演着一轮轮的几国纷争。自古罗马帝国征服后先后经历拜占庭帝国、伦巴底王国和威尼斯共和国统治，也曾整个半岛都成为奥匈帝国的领土。既然有这样的旧故事，也造就了伊斯特拉半岛自古就有意大利人、克罗地亚人与斯洛文尼亚人混居的历史。

而后又经历了世界大战后的领土纷争，种种梳理不清的边界和出海口的争夺，也正是因为这个半岛地处亚得里亚海东北部，拥有着舒适的地中海气候，富饶的物产，极其迷人的景色……才成为历代兵家争夺的源头。自中国古代放眼到全世界，谁都是贪婪的。

> 对，我是不会喝酒，但你不能拿走我的杯子，我还想和你们干杯，就算是水。

多米，我们走吧

在昏昏欲睡中，巴士驶下公路，一个拐弯后停在一片荒僻的小石子空地上。"我们去用餐吧！"我们的克罗地亚导游娜娜唤醒了胃口，尽管是炎热的天气也并不妨碍我们对食物的渴求。这高一脚低一脚的石子路，加上周边还尚且保持原始状态的树林，不免让人心存期待起来。

是一家农庄餐厅哎，对于农家乐我倒向来是很喜欢的。充满家庭气息的食物搭配和随意的摆盘，就地取材的新鲜食料，总能叫人有一种是在谁家做客的错觉。这个农庄餐厅很符合电影里曾见过的欧洲乡村风情，充满月岁痕迹的石头墙壁，原木的屋顶和餐座椅，又披上了红色方格子桌布。酒杯、汤碗和餐盘刀叉都已经满满当当地摆好，连餐前面包也已被放好在小竹篮子里面，多米一阵欢呼扑向餐座。倒也不是因为饿了的关系，她从一岁半开始就读的蒙特梭利幼儿园很鼓励拿生活用品作为教具，而不是我们印象中的儿童玩具。这样的日常杯子碟子往往作为训练拇指和食指配合练习的教具，让孩子做一些倒水、切水果或者分配餐具的工作，多米应该是看到别具异国风情的这些"教具"而被吸引了，在她帮我们分好了座位与餐巾之后，才抬头发现这里有一个有趣的大院子。

看起来主人应该很喜欢生活，除了就餐的区域，还有一大片院子，在当头照的阳光底下，抬头是一丛丛盛开的小花被悬挂在头顶的遮阳架子上，甚至还有两只黄鹂鸟的玩具作为小盆景道具在假装迎客。一只懒洋洋的大狗舒服地躺在地上，晒着地中海日光浴，看起来年纪已经很大。尽管主人为了待客已经都忙开了，大狗却还是享有至尊地位，躺着都不搭理人，就算是我们这些完全异国的新鲜脸，也丝毫没撼动它的午休。一个简陋的木板秋千和几乎接近退役的跷跷板，好像有经历过一百年的历史痕迹似的，但还是可以玩。旧式的水井看起来至今还在被使用着，一个闪亮的铁皮水桶悬挂在架子上，粗粗的绳索套着它。我小的时候，一直把外婆家的水井当作玩具呢。虽然被大人吓唬说，水井里面有妖怪，千万不要走过去，但还是压不住孩子好奇的心，并且偷偷练就一手木桶打水的好技能。夏天把一整个西瓜用网兜套住丢下水井，那里就成为一个天然大冰箱，午睡后从竹榻上爬起来，双腿浸在一盆井水里面，再拿着之前井水冰镇过的西瓜啊呜啊呜，绝对是我一辈子难以忘怀的暑假美好记忆。看看转到地球的另一边，这个农庄里面如果有小朋友，肯定这样童趣昂然的大院子也是他们的乐园。

去乡村里度夏

虽然这是一个家庭餐馆，可回忆起来远比我们此行所有餐馆来得高效率。看起来头发花白的爷爷应该是男主人，清瘦又害羞，只会说当地语言，在娜娜的翻译下得知，我们居然是这个餐馆自古以来第一次接待的华人。还有年轻又漂亮的少女少男应该是家里小一辈成员，作为招待还挺热情，充满着干劲。

据说伊斯特拉半岛的比泽（Buzet）山区是松露的特产地，这种被称为厨房里的钻石的珍贵食材，我也是大概十年前刚刚认识。松露在食材界地位崇高，欧洲人将松露与鱼子酱、鹅肝并列为世界三大珍馐，特别是法国产的黑松露与意大利产的白松露最为盛名。可是创造了吉尼斯世界纪录的最大白松露却是在克罗地亚被发现的，也许是克罗地亚的低调，不如法国与意大利盛名在外。但因为松露猎人 Giancarlo Zigante 找到的这颗重 1.3 公斤的白松露，没有把它送入拍卖行提升身价，而是举办了一个白松露宴会。借此机会，伊斯特拉半岛的松露产业就此在国际上声名大噪。白松露比起黑松露更为珍贵且产量少，上海如今西餐盛行，黑松露也并不罕见，那一丁点儿撒在菜肴上，就顿时身价翻几倍。

去乡村里度夏

> 克罗地亚最有名的 Fritule，当地人在节日才会食用的甜品。油炸的小圆球被撒上了白色的糖粉，卡路里扎实。

> 风干火腿在南欧地区是通行硬货，谁也离不了它。

当我们看到厨房里端出那一大盘白松露意面的时候，的确被震惊到了。满满一大盘的奶汁意面上整个儿覆盖了刨成细丝的白松露，是呈现出密集状态到难以置信的大排场。这么说吧，做煎饼果子的时候毫不吝啬地撒葱花，那这盘白松露意面比撒葱花还大方十倍的级别。要说松露的迷人，并不是那个菌的咀嚼口感，而是一种特殊的香气，它应该算是调味食材。那股香气曾被形容为"人间所无，有点难以置信，殆凡气味绝佳者概如是也"。那气味渗透力之强也十分惊人，可以力透层层纸张，甚至塑胶袋。只需要轻嗅一下就够了，若是吸得浓一点就过头了，会叫你食欲全无的，因为那气味好浓又似乎好臭。白松露我第一次尝试，比起印象中的黑松露似乎更能激发出一种无法捕捉的神秘香气。

> 豪放地撒满了松露，让你找不到主餐的踪影，释放着极其强烈的出产地骄傲感。

> 院子里最悠闲的国王是它们，其余皆为勤劳的人民。

　　如果有心搜寻一下伊斯特拉半岛的旅行项目，多半会有松露狩猎之旅的介绍。跟随着松露猎人进入深山，引路的还有松露猎犬。以前我有了解过松露的挖掘故事，都是由母猪靠嗅觉来找寻及挖掘。 为何是母猪？因为松露的气味含有类似雄性荷尔蒙的味道，雌性动物对它特别敏感。当然更多因素还是母猪也是非常喜欢吃松露。别小看我们印象中懒洋洋慢吞吞的猪，找到松露后它会以迅雷不及掩耳之势吞下，那松露猎人追随大半天工夫就白忙活了，就算母猪开恩没有一口吞下，猪鼻子在拱开泥土找寻松露的途中，会不经意损坏完整的松露，所以如今都是由训练有素的雌性狗来替代母猪完成工作。实际上，伊斯特拉的松露在 20 世纪 30 年代左右才被发现。当时伊斯特拉是被意大利占领，有一个来自松露之都 Alba 的意大利士兵观察到，故乡的植被与伊斯特拉的非常相似。退役之后，他带着经过特殊训练的狗终于发现了这个松露大宝藏。由于松露埋在泥土里，没有任何可以靠视力发觉的可能，因此狗或者猪就成为能否成功挖出松露的关键。伊斯特拉狗的血统虽然不够纯正，但从两个月大的时候就开始经

历严格训练，训练后大约有 20% 的狗能脱颖而出，成为松露追踪者的大功臣。只是可惜此行时间有限，没有机会和多米一起体验一下这么有趣的深林寻松露之旅，不由得只能加快舀勺的频率，多吃一点豪华白松露意面。平日里不太喜欢菌菇的小朋友，竟然也对这个白松露表现出浓厚兴趣，看来小孩子都是很有寻觅美食的天赋，他们的舌头比我们料想中来得更为敏锐。

　　吃着松露，喝着葡萄酒，沐浴着地中海阳光，瞬间就已经明白兵家纷争之地的含金量。不由地羡慕起农庄的主人，住着百年老宅，还一家和睦并齐心经营着餐厅。每天能有过往的游客聊聊世界各地的见闻，在这个地中海半岛的天堂里过日子，没有高架遮挡了落日夕阳，也没有寸土寸金的危机感催促着你变成房奴，更没有带小朋友赶着补课考学的焦虑。在云南大理的时候，也曾有这样的啧啧称羡，但未想到天天望着云蒸霞蔚的当地友人，却定睛看着远处轻声地说着对东方明珠的憧憬……

多米，我们走吧

巴士车显示室外温度直指四十六摄氏度，简直有点让人匪夷所思。体感也确实燥热，但这样的温度才可以盛产葡萄、橄榄、无花果，与新疆吐鲁番也无差。很多年前，我还是个无忧无虑的单身女子，与一群朋友共同去过北疆，在火焰山吃过土，也见了几千年历史的葡萄藤，还探访了苦行僧的泥土房，那些有着千年历史的古迹至今还在延续着生命力，时间仿似在此驻足。而在此地，也有一个拥有千年历史的古城胡姆（Hum），它在吉尼斯世界纪录大全中被称为"世界最小城市"。虽然看多了这种纪录，有些觉得没有意义，但真的带多米逛一圈之后，还是为这个古城的迷你惊讶一番。如果高耸又残旧的城墙完全将胡姆圈起来，它大概没有一个足球场来得宽敞，因为是建立在山上，小镇的街是有上坡与下坡的石头地，很多翻新的宅子都挂着几颗星的 APARTMANI 蓝铁牌，应该是民宿，也有草坪与小小的儿童乐园，给这座中世纪老城带进一点现代气息。全城共计二十几口人，但还是有很正式的市长竞选制度。 如果作为度假的清净之地，这里应该可以被当作世外桃源。 我们一家爬到小镇最高的山坡鸟瞰四周旷野，太阳当

> 葡萄藤是千年老仙了，孕育的千代子孙可以酿成最好喝的葡萄酒。

头毫无遮挡，只有一小片绿色的葡萄很坚强地在太阳的照射下散发出迷人的玛瑙光泽。

　　太阳的暴晒让人无心多留恋人文风光，就连之前知晓胡姆的特色是蜂蜜白兰地酒，但现在想喝上一杯的念头刚起就被现实打败了，皮肤焦灼，喉咙又干涩，要是再不找一个庇荫之处，恐怕是要像那橄榄被榨出了油脂。疾步走过紧闭着大门的老教堂，一脚高又一脚低的圆石头路，钻出城墙脚边的城门。被爸爸抱在怀里的多米，倒还是兴致高昂地看着高高的城墙。

　　胡姆城墙外是大树连成荫，翠绿浓郁，树下有着传统的木条靠背椅子，这倒是与中国的小村庄异曲同工，村口总应该有一棵大树……一下子就降下了温度，体感瞬时舒适，眼耳也有耐心可以环顾与聆听起来。前方传来了节奏铿锵有力却又动听的乡村风小合唱，是一大群上了年纪的老人聚集在树荫下边，他们的头发已经花白。老奶奶

多米，我们走吧

们步调一致，虽然都因为夏天的关系穿着简单，每个人却少不了首饰的点缀。其中穿着明黄色 T 恤的艳丽奶奶戴的是略张扬风格的白色骨质项链，涂抹的是梦露正红色的唇膏，跟随节奏在拍着手掌，感觉能担当起队花的颜值级别。其他的奶奶们也都佩戴着金属色长项链与耳饰，投入地击掌唱歌。而有一个戴贼仔帽与金丝边眼镜，留着花白胡子的爷爷，拿着一把吉他在伴奏，他的样子有点像小时候童话书里面看到的匹诺曹的爸爸，顿时有点亲切的感觉，驻足围观。

"爸爸，你会弹吉他吗？"
"嗯，爸爸自己学的吉他，会弹小蜜蜂，哈哈。"
"小蜜蜂？不太厉害哦，爸爸，等我长到一百岁你和我一起弹吧。"

多米小朋友还不太搞得清数字，"等我长到几岁……就……"是她喜欢的口头禅。小朋友爱把憧憬的事情作为对成长的期盼，想想我也有过等到十二岁想穿姐姐的高跟鞋，十三岁要学骑大人的单车的憧憬，而今却在羡慕孩提时这份盼望长大的心，人生就是这样交替重复着的轮回。

多米，我们走吧

去乡村里度夏

在一片阴凉的树荫之下，前方山谷里面吹来了风。是啊，从暴晒中逃离出来的我，在此情此景之中，也想要站入歌颂这树荫的美好之曲里面。看样子，他们应该不是胡姆镇的居民吧，都背着包袋，难道也是与我们一样的游客，玩到兴致就开嗓子练歌吗？见我们颇有兴趣驻足围观的样子，这群老年歌者们更来劲，一支接一支。之前有听闻克罗地亚的民间音乐有一个有趣的特色，他们没有单声部音乐，从声乐到乐器都用多声部来表现丰富的多层次。只要有两个人同在一起唱同一首歌曲，就会自然而然地变化成双声部。在民歌中会有女声重唱、合唱，男声重唱、合唱，还有混声重唱等。而在欧洲，像克罗地亚这样没有单声部的民歌，只有多声部合唱的民族应该很有个性吧。而此时，正好见证了一次有趣的克罗地亚民歌多声部合唱。我们的旅伴提议，不如一起给这群爷爷奶奶们唱一首中国曲子？虽然生性是表现欲望不太强烈的汉民族，可在这清风山谷、树影婆娑下仿似被拨动了心弦，打开了心灵开关。《月亮代表我的心》脱口而出，对，是沐浴着日光歌颂月亮。与老人们之前的歌唱旋律成为反差，哼唱着

悠扬迂回的调子。我们虽不及空谷黄鹂的美妙，一曲终了却引发了老人们对歌的斗志。可能在旧时代山民们喜欢的山歌对唱游戏，就是这样起来的吧。弹吉他的爷爷和一位奶奶商量着下一支曲目，但我们显然没有想要一支支对唱下去，我们还需要赶路去看海。吉他爷爷用口音浓重的英文问我们从哪里而来，知道我们即将离开，他们又围在一起自得其乐起来。

　　无论是曾去过的街道、广场、草地，还是这样的古城，克罗地亚人民太热爱唱歌了，这应该是充沛的阳光、温柔的海风和经历过战争洗礼后，才会有分外热爱着这个美丽地方的浓情。挥手告别这一群被乐神附体的老人们，回望着胡姆那高耸的尖顶瞭望台，城门上的古语是格拉格里语文字"石头是硬的，心是热的"。

07

那一道彩虹光

"可能今天所有的等待，
就是为了让我们可以看到彩虹吧。"

幽暗静逸的圣尤菲米娅教堂石柱上，多米突然发现一道彩虹。

通透如水晶般的彩光，一转头，原来是太阳透过教堂正门最顶端的拱形琉璃彩色窗户折射而成。她按捺不住激动，开始小声叫了起来。圣尤菲米娅教堂很暗也很安静，这样的叫声显得尤其突兀。教堂里面游客稀少，也许是一个普通的日子，教堂内没有点灯，所有一切豪华的巴洛克风格内饰都被暗藏在黑色之中，毫无显露山水。

爸爸示意多米不要发出这样的叫声，我们静静地欣赏室内的彩虹，可以吗？

记得上次我们一家人看到彩虹，是因为雷暴天气而延误在福冈机场。百无聊赖到都快要泄气的时候，天空出现了一道彩虹。我们正面对着巨大的停机坪而坐，能看得到整个浅蓝的天空，犹如圣光与福音降临般激动人心，我和鲍鲍说："可能今天所有

多米，我们走吧

那一道彩虹光

的等待，就是为了让我们可以看到彩虹吧。"小朋友是第一次看到真实的彩虹。

这个宏伟的巴洛克风格教堂实际上大有来头，如果看过 Lonely Planet 克罗地亚指南书的话，圣尤菲米娅教堂与钟楼就矗立在封面上。钟楼是整个伊斯特拉半岛上最高的建筑，而这个教堂的女主人圣尤菲米娅的铜像就在钟楼顶端，犹如高高俯瞰整个半岛与亚得里亚海，她随着海风的风向而动，风吹向哪里，圣尤菲米娅就指向风，如同海岛守护神。

如同每一个与基督教有关的故事一样，就算如今圣尤菲米娅被拥戴为罗维尼（Rovinj）的守护女神，但背后还是有一个凄惨又充满神奇色彩的故事。据称因信仰了基督教而被皇帝戴克里先施以火刑的圣尤菲米娅神奇般的毫发无损，触动了皇帝的威严。又再一次将她投入猛兽狮子的牢笼，而狮子却让她坐在自己背上不愿伤害她。后在圣尤菲米娅作为殉道者的请求之下，狮子咬断其手臂，失血过多而亡，但狮子也未曾将其作为食物。她的尸体被放入一座石棺内，经历海上长久岁月的风雨袭击，神秘地漂流到了罗维尼岛。谁也不清楚那么多年后，这个传说里的殉道者石棺为什么会出现在罗维尼的海滩上，千吨石棺在一个放牛娃的牵引下，被安放到山顶，而后就有了圣尤菲米娅教堂。

虽然这是一个宗教故事，但在教堂内的大祭台旁侧，真的有圣尤菲米娅之墓。这个普通的日子里，教堂既没有点灯，也没有蜡烛，陷入一片漆黑的教堂真让人没有勇气再往内行走一步。

多米在彩虹光里面挥舞起手臂与她的蓝裙子，转圈再转圈，安静地起舞。

多米，我们走吧

> 每一块色彩浓厚的墙都与多米的蓝裙子达成友好关系。

多米，我们走吧

　　步出黑暗的教堂，是一大片浅灰白色石子地。眼睛一下子没法适应这样的光线变化，而眯成一条线，急急躲过太阳走入教堂旁侧石阶。这是钟楼的下方，绿色草坪上散乱地丢放着几块有年代的大石头。带着多米绕行一圈后，找到了极其隐蔽的钟楼入口。抬头仰望，是百年前的古旧木头楼梯，并且是每一个踏步凌空而立，小朋友摇了摇头表示不想走危险之路。而我也有恐高症，正好多米给了一个台阶，我们相拥着离开了钟楼。

　　所有游客也许因为攀登走上山顶费了点力气，天气又是炎热不堪，并没有表现出传统西方人对日晒的热爱与渴望。大家都贴着树荫行走，我们效仿其样，来到圣尤菲米娅教堂前方空地。大块石头被垒成了九十厘米高的矮围栏，依靠围栏，才感到盛名在外的罗维尼之美。亲眼见证着佳能 500D 广告样片里面拥有七彩房屋的罗维尼。还是欧洲特色的红色屋顶，映衬着亚得里亚海更为透蓝，那种蓝又不同于我曾见过其他

> 红嘴海鸥是因为一直在红屋顶上蹭嘴巴，而被染上口红的吗？

多米，我们走吧

海岛的蓝，或许是橙红色的屋顶所施展的魔力？这海是一枚巨大的蓝色宝石。

宫崎骏的动画《红猪》协同御用配乐大师久石让，创作的该片主题名曲《亚得里亚海的蓝天》，实际上说的就是这里的故事。如同阳光下泛着金色的光芒，一望无际的辽阔海面，上面是飘着淡淡白云的蔚蓝青空。水天一色，物我两忘，心也随着波浪的节拍起伏。《红猪》的故事发生地大部分都在亚得里亚海，主人公波鲁克就住在亚得里亚海沿着克罗地亚的一个岛屿。但就在宫崎骏创作此动画的时期，南斯拉夫内战爆发，这让处于和平年代的宫崎骏非常震惊，这个故事就因此而比预期构想更为严肃一些，而且他不得不把故事搬离克罗地亚。

战争曾经在这里开始，又在这里结束，亚得里亚海的蓝天美到没有了忧伤。就如同那圣尤菲米娅为基督教殉道，历经千百年后的今日，再暗黑的石柱也有美丽的彩虹投射。

08

画里面彩色的老房子

"妈妈，Ciao! 这里是 Ciao！"

噢，是 Ciao，我们在罗维尼（Rovinj）遇到的很多次问候。

多米，我们走吧

　　我家的墙壁上贴有一幅画。那是在夏天末尾的一个傍晚，多米突如其来的兴致所致，拿一岁前玩过的积木和新买的水彩颜料，边玩边画的。

　　这一幅画，倒是并没有拿画笔来创作。把几个漂亮的颜料倒在盘子里，各种形状的积木在颜料里面浸湿，一块积木一个颜色，就印在了白纸上面。粉红色散发着荧光的三角块，或者醇厚的蔚蓝色长方形，还有嫩嫩黄颜色的月牙形拱洞，最后有一个尖尖的高塔，看起来是月光下闪闪的梦幻世界。真是一幅漂亮的儿童画啊，用一小条彩色胶布贴在客厅那面空墙壁上，那一块小小而斑斓的色彩，被夕阳折射进客厅的光线照耀着，发着迷人光芒。想变成一只飞鸟，让我飞进儿童画里面，用羽毛抚摸下，是真实的，还是一个梦？

多米，我们走吧

"妈妈，Ciao! 这里是 Ciao！"

"Ciao? 你在唱意大利歌吗？"我们每年都会去看意大利安东尼亚诺童声合唱团的新年表演，意大利语或者是这个国家，在多米理解的世界里就是一首歌的代名词。

"不是，妈妈，不是唱歌。就是 Ciao，那个地方。"她挥动着小手，略显着急。

噢，是 Ciao，我们在罗维尼（Rovinj）遇到的很多次问候。

反常的暴热，在 6 月下旬持续袭击着地中海沿岸的欧洲。站在罗维尼的港口边，还是低低的矮墙，说它是墙吧，其实也就是一个比较高一点的台阶。吃着甜甜的 Gelato 冰激凌，海风吹散了头发，湿度也不高，很爽快的那种炎热。这里的海风没有一丁点儿海腥味道，恍恍惚惚又觉得这是很平静的一个蓝色火山湖吗？真是奇怪，全世界这么多都叫作海，可就与人的面孔一样，各自有各自的精彩。

> 阳光闪亮，将半岛上的彩色房屋又反射到亚得里亚海的平波里。

多米，我们走吧

　　有好几个少女坐在海边，拿着画板与画笔对着那著名的罗维尼形象一角在画画。要说到罗维尼的经典形象，就是贴着海边彩色的房子和圣尤菲米娅教堂，还有钟楼。6月下旬地中海的阳光，将色彩浓郁的颜料融化了，很洒脱地覆盖在罗维尼的每一寸土地与墙壁上。正午的太阳很烈，用相机正好是顶光，也不能拍到光线柔和的风景照，我们一家索性就放下了相机，靠着海吹着风，晒一下太阳。

　　以前我很迷恋健康的麦色肌肤，常年一有机会就奔向海边，四肢涂抹均匀美黑的助晒剂。如果幸运的话，两个小时左右就可以得到一身金黄色的肌肤，专业的助晒剂还分很多种颜色，当时最让我向往的是地中海肤色的色号。也许是与地中海人种比纯正白种人天生要偏暗，再加上和亚洲人相似的深色头发与眼珠，有一点点接近亚洲的亲近感。

罗维尼的日照很强烈，无论是当地人或是度假的人，都有一身典型的地中海日晒肤色。而亚得里亚海湾又是如此平静，如果你愿意的话，随时随地就能纵情跳入其中畅游。记得以前有读过一篇文章，有关地中海是全球污染最严重的海洋，这个世界上最大的内陆海，沿岸有几百个古老的城市围绕着，几乎就承担了海洋垃圾场的角色。而它同时也是世界三大洲的交通枢纽，担负着全球运输最繁忙的海路。但是地中海的盐度很高，再加上洋流的关系，大西洋一路直冲西西里，在洋流对流作用下，可以把污染的海水都冲走，还带来了极度匮乏磷酸盐的海水，恰巧是这种物质限制了浮游生物的生长，所以我们一点也看不到浮游植物，连熟悉的海腥味都丝毫闻不到，造就了这样一个有自身循环清洁能力的纯净度假天堂。这真是得到老天的特别爱恋吧，给了他们这样如蓝宝石一样的海和生生不息的千年文化。

抵达的季节，正是旺季即将揭开序幕的时分。

看起来到处都有来度假的人，两三人结伴，只着拖鞋与比基尼，还有玩到更嗨的姑娘，手里抱着巨大的荧光色水上玩具，金色头发或者是浅栗色头发都散乱地滴着水珠，阳光洒下来，似乎头顶都在冒着蒸腾的热气。我们的游泳衣都没有随身携带，在烈日下，周边都是衣着清凉的旅人，都似乎有冲动去街边商店现买几件泳衣，扑腾进海爽一把。

爸爸拖着多米的手，走在古老石板路上，光洁的触感似乎是故宫里独有的那种汉白玉栏杆，在天光下闪耀着低调的岁月之美。它并不是高低不平，虽然是一块块不大的石头组合而成，但恰恰是平整稳固。很想让人穿越到千年之前，亲眼看看什么样的能工巧匠把小石块铺到如此完美。这条路啊，曾经走过了怎么样的孩子？他们也是带着对世界的好奇之心，蹲下触摸或者起立奔跑，让妈妈抓也抓不住手臂吗？它又是经历了多久的月光洒耀，而凝结了其精华，指引着智慧的人们走向未来……

听着自己噼里啪啦的脚步声回响在街巷，就像音乐一样动听，而音符的样子又是像那些色彩不一的房子，俏皮又可爱。

Ciao! 坐在家门口的爷爷或者奶奶，差不多每个人都与多米打招呼，且带着怜爱的

画里面彩色的老房子

> 她突然喜欢上了鞋底拍打石板所发出的节奏声，一直在忙于捕捉着。

据说有关罗维尼的故事

是在很久很久以前……

多米，我们走吧

眼神看着这个草帽小女孩。他们与萨格勒布的人有着很强烈的不同，自有一种靠海吃海而自得其乐的悠闲好心情。晒成暗麦色的皮肤，喝着咖啡，看着巷子末端被房子裁剪成画的一片窄海。偶有船舶驶过，浪花翻腾成白花，又平静下来如镜面。太阳升起又落下，星辰满天又闲云遮月，时间是静止的，这一刻什么都没有做，却又是如同万物斗移到千年之外。

Ciao，这个被全世界熟知的意大利问候语，充满整个罗维尼。也正是这样，这里被形容成一个拥有威尼斯血统的中欧小城。

从公元 4 世纪开始，罗马帝国将其收入麾下。东西罗马分裂，它又在 6 世纪归于东罗马帝国，也就是拜占庭帝国版图。而后由于地理位置的关系，频繁遭遇海盗，只能寻求威尼斯王国的保护，在那个时候，威尼斯文化就开始影响到这个小岛。它曾经是威尼斯共和国在伊斯特拉地区最为重要的商贸城市，直到今日，在罗维尼的老城的巴比拱门前停下脚步，还能看到威尼斯共和国的痕迹。巴洛克石雕风格的拱门上有着威尼斯的典型标记，那是长着翅膀的狮子脚踏着圣书。放眼整个欧洲，狮子是很经典的被赞颂的圣物，但也只有威尼斯的狮子是与圣书在一起的形象。拉丁文字撰写着天主教的圣谕："我的使者马可，你在那里安息吧！"威尼斯的荣耀，威尼斯的富足，当然，还有威尼斯的历史和信仰，尽在圣马可飞狮所代表的寓意。

如果仔细观察石雕人像，它的一面是威尼斯人，另一面却是土耳其人。这也在告诉着后人，这里也曾经是大量土耳其人生活过的土地。急剧膨胀的人口，最终让小岛与大陆相连，罗维尼成了一个半岛。前赴后继的统治者向罗维尼输入着自己引以为傲的文化，这一点从岛上的建筑群中可探到一二。哥特、文艺复兴、巴洛克和新古典主义。穿行在这些家宅间，头顶飘着岛民洗晒的被单，阳光被这些遮光布阻拦住了威力。它们被我们穿行其间，微微飘起，如同在行礼。

> 推车与旅行箱遇到石板路和台阶也慢下脚步了，随意可坐下，坐在画里面。

多米，我们走吧

画里面彩色的老房子

> 八个库纳是一个吉利的寓意吗？在克罗地亚遇到了很多东西都用这个数字来定价。

多米，我们走吧

古老的石板路向着山上延伸，直通圣尤菲米娅教堂。路的两侧大多数都是家宅，也有家庭旅馆。木头百叶窗半开半合，偶尔露出蕾丝花纹的窗纱，也有粉色的夹竹桃花或是铃兰，窗户上悬挂的是一串串海里捡来的贝壳风铃，再配上被刷成浓郁颜色的墙壁，虽是斑驳，却透露出浓浓的度假风情。一楼的临街有各种手工艺品商店或是艺术画廊，如果真的如他们自我介绍的那般，那都是一些艺术家。看起来这里的艺术家老板普遍都很流行嬉皮风格造型，手作艺术品也很不羁。我们走进那家靠近山顶的店铺，它有个小天井被繁多的商品布置成一个活橱窗，想来，经过的游人应该都会被吸引而入。它的天井里都是手作小纪念品，可爱又小巧。步入其内，却是一个古董店，有着价格不菲的工艺品。因为有着收藏冰箱贴的小习惯，我就在天井里选一个手作的冰箱贴好了。

多米显然已经感觉自己是一家之主，嘴巴里喳喳叫着"这个，那个！"踮起小脚，努力地用手指向一个陶瓷冰箱贴。

在她的旨意下，爸爸取下那枚彩色建筑与钟楼教堂组成的"罗维尼经典之景"，八个库纳。这样，我们家里的冰箱上又可以多一个异国小伙伴了。

多米，我们走吧

画里面彩色的老房子

09

就是慢吞吞吧

"海鸥也在找太阳去哪里了吧？

"是吗？海鸥宝宝，宝宝。"

　　铜像少女低低地半伸开双臂，面对着奥帕提亚的海平面，还有粉色雾霭的天际，她与大海做伴，她想歇息？

　　一只欲展翅高飞的铜海鸥停驻在她的右手，是要守候着机会，等待海平面上时不时冒出头吐气泡的小鱼吗？少女的头发应该是短短的，或者是盘发吧。站在海滨散步道上，远远地眺望着她，有点距离。看不清真实的发型，更看不清她的目光聚焦是为了哪一个美景，而值得凝望几十年，并再次日复一日地守护在奥帕提亚。迎着今晚并不是很大的风，长裙在飘逸，是我看错了，她是一个铜像啊，怎么晚风能有力气吹动裙摆？

　　"海鸥，海鸥！"多米又耐不住落日晚霞的宁静氛围，献上了她的童高音。

多米，我们走吧

　　有捕鱼归来的海鸥，停歇在铜像少女的头顶上。它们海鸥族之间的对望，经历了几十年的爱，海鸥哥哥已经在原地铜化……化身成为守卫奥帕提亚的神。永远看着日升日落，流星划破天际，千年如一日。

　　收回我的想象，还是多米的声音："海鸥也在找太阳去哪里了吧？是吗？海鸥宝宝，宝宝。"这里深陷入克瓦尔内尔湾，又有着群山环抱，奥帕提亚应该是看不到太阳一步步落山的景象。但正因为这样的地理位置，它才有着烂漫浅粉的晚霞满天盛景，是夕阳的投射光。这样的浅粉色天空一点点晕染向嫩婴儿蓝的天空高处，最终构成了铜像少女所拥有最美的大自然背景底色。一家人怔怔地望着海天交际的地方，小朋友看过很多地方的海，却未曾见过这样的晚霞。听说三四岁的小女孩，心里都会住着一个粉红精灵，时不时她就会跳出来指引着女孩们去找寻自己。如果这也是粉色精灵所施展的魔法，那我也宁愿被带回小人国里，就让漫天的少女心多停留那么一刻。

多米，我们走吧

就是慢吞吞吧

奥帕提亚，这个仅有一万多人口的海滨小镇，它备受奥匈帝国贵族们钟爱的理由，追溯起来也是平淡普通的故事。里耶卡的富豪 Iginio Scarpa 为了纪念死去的妻子，修建了用她名字来命名的安吉丽娜别墅。在别墅修建之前，奥帕提亚只是一个有三十五座房子与一间教堂的小渔村。如果没有这位富豪独具眼光发掘了这个滨海小镇，会不会这里也像胡姆小城一样成为人口最少的城镇之一呢？在打破了小渔村幽静的同时，富豪也带来了异国的亚热带植物，更有觥筹交杯的贵族私人之宴。想来，富豪贵族们也喜欢从众消费，一栋安吉丽娜别墅吸引来了更多的度假别墅建造，顺着海滨长廊慢慢散步，只有笃悠悠的老年度假者与我们擦肩而过，留下一个笑容。更让人平静的是岁月带给奥帕提亚的痕迹。沿岸大部分是奥匈时期风格的建筑，它们是富有少女心的建筑代表，一个个都是极尽奢华的翻糖蛋糕，甜美娇柔。岁月褪去了它们鲜明的外表，但还是骄傲又挺拔地矗立在海边，透过破旧又雅致的百叶窗户，仿似可以看到那个时代骄奢的维也纳贵族们，华服与珠宝绕身，伴随着圆舞曲旋转又旋转。

这是一个老派的优雅度假小城，可能是它放不下旧时代贵族度假地的记忆，一切都是平静与慢悠悠的。

粉色的天空渐渐地被蓝色晕染覆盖。谁也没有想到，这将是此行中最晚的一顿晚餐。

向导娜娜一直为伊斯特拉半岛的葡萄酒所自傲，我们同行的旅伴中也少不了酒痴。在奥帕提亚这样一个怀有少女心的古老小城里，微醺是应景又浪漫的。孩子在餐前面包的安抚下，显得格外乖巧，让白天耗费了所有体力的我们可以安心畅快喝一杯，有大把的时间可以挥霍。长条的餐桌铺上洁白的桌布与餐巾，大口径的葡萄酒杯被侍者擦拭得一尘不染，玻璃杯上反射着远处的灯火，把闪亮的星光随着矿泉水肆意吞入口里。

> 空窗户里曾经拥有过什么样的人生与时光?

> 它们刚从海里被打捞出来，还透发出鲜亮的光彩。

多米，我们走吧

克罗地亚有一句格言，鱼的一生必须游泳三次：一次在海中，一次在橄榄油中，一次则在酒中。我们很听话，让鱼就这样圆满地实现这句古老的戏言吧。只是没有想到，要完成这鱼儿的一生是如此的悠长。

　　尽管身处于如天境一样的度假胜地，满足了脑海里以往所有对亚得里亚海的幻想，可还是不能将眼睛所获得的满足感传递给肚皮。吩咐着侍者，我们是遥远国度来的饥饿旅客，请大厨拿出超速度的技能，来料理今晚的海鲜宴席。侍者认真地向饥客们解释，餐馆的海鲜拼盘遵从最简单的料理方式，直火烧烤，这是非常快捷又不失鲜美的，我们仿佛已经闻到了迷人的香气……

　　然而随之等待的将是鱼的一生那么漫长……

> 汤里面到底有几个月亮？多米又吃了几个月亮到肚子里面？数也数不清楚了。

　　五十分钟后，姗姗来迟的炖海鲜汤。浅黄色的汤底混合着白葡萄酒的香气，油绿的碎欧芹末漂浮在表面，袅袅幽香钻入鼻子。地中海盛产的青口贝半张着壳，鱼肉已经被分成无皮无骨的小块。看起来这应该是一份现熬的海鲜汤，汤色表层漂着一个个清亮的小油花，多米喜欢把它们叫作汤里的月亮。我们一起拿着勺子舀汤，要不能打破水里的月亮，所以千万要小心翼翼。月亮会逃走，会一分为二，也会被多米吞进肚子，她玩得已经忘记了要把面包块也变成水中的船。

　　主菜大概在一个半小时后被端上来了。翘首以盼的焦虑之中，我们与旅伴们设想了无数种可能，后厨是不是需要当场下海去现捞鱼儿了？按照我平时料理的步骤与习惯，烤海鲜不应该需要伺候这么久的时间，环顾周围，客人也并不多。实在忍不住，边喝着白葡萄酒边为大厨设想起理由来……

多米，我们走吧

是克瓦尔内尔湾的余晖太美，必须尊重美景的存在，行注目礼送走最后一丝晚霞吗？

是为海鲜们做足全套祷告，让它们美美地去天堂吗？

还是像克罗地亚的谚语说的那样"如果你有干活的冲动，坐下来，等一等，这股冲动会过去的"？

多米，我们走吧

　　小朋友可能是被这样的夏夜、星空、波浪的沙滩所安抚了。这样一顿漫长的晚餐几乎突破了她三岁半人生的极限，没有哭闹没有不耐心，她认真享受着陌生感的食物，偶尔听到大人咕哝着出餐时间好久的抱怨，她一本正经地说"I will wait。"哈，这是我们半年之前经常阅读的一本英文绘本，讲的是一只富有耐心的小企鹅，独立经历了种种令人焦虑的耐心考验之后，终于获得了美味的蛋糕。而没有足够耐心等待的动物朋友们只能空着肚子吞口水了。绘本每一页都有"I will wait"，这句话被反复提起。看来听过的故事，说过的话，走过的路都会在多米的成长中留下印记。这个小朋友在奥帕提亚的海边教给我她的人生小哲学呐。我一直是一个不太有耐心的人，当想起以前迎接新生命的到来那种忐忑不安，一直到现在她笑盈盈地坐在我面前。

　　"我第一次做你的母亲，你第一次做我的女儿，让我们彼此关照，共同成长。"

> 直火烤鱿鱼是这里沿海最富有名气的海鲜料理，鲜滑得就像要从嘴里游出来似的，关不住。

> 汤底的鲜美真是叫人想打听下大厨师的配方，或者是有一个留下来的理由。

多米，我们走吧

这种慢食文化起初是一个意大利人卡洛·佩特里尼所发起，诱因是某全球著名的快餐品牌入驻古城罗马的城市中心；带有甲醇的合成葡萄酒毒死了人，以上两件事情促使他思考，并由此展开一项唤醒人们对于传统饮食习惯的觉醒运动。从捍卫并尊重当地当季的食物开始做起，遵从自然规则生长的食物，也会拥有它们独有的口味，不用过多加入调料。当我们愿意用足够的耐心等待来获取食物，更会珍惜并用心去料理。从慢食文化放眼到慢生活文化，这个飞速发展的地球也需要慢下脚步停一停了。

　　在深邃幽蓝的星空下，亚得里亚海里的鱼虾，伊斯特拉山区的橄榄油，酒窖里的葡萄酒，还有一个刻意放慢节奏的大厨，孩子稚气的童谣声，我们不只在享受食物，也享受当下的时光，是与朋友愉快地聊天，或者只是静静地去感受一个气氛，暂时忘却了繁华都市的节奏。

多米，我们走吧

就是慢吞吞吧

10

请你按快门

/

"按快门的那刻，我们说了什么？"

"照片里那件衣服又去了哪里？"

"呀，你好像又胖了呢。"

> 十年之前的大阪，我们沉溺在胶片相机的镜头里，慎重对待每一次按快门的机会。

　　我们的家庭影集已经有几万甚至是十几万张照片了。有原始胶片，也有数码，还有胶片底扫的大文件，一张张都占据了好几个大容量的移动硬盘。虽然也是包含了很多随意按下快门的废片，但总是不舍得删除，更有点无心整理。想着哪一天老到走不动的时候，再打开这些记忆大门，对将来的我来说再不满意的旧片也应该是满载着记忆的年轻时光了。

　　此番行前，我曾经打开了这些存储空间。就像进入另外一个时空，那个被定格的时刻会在回忆里生动起来……

　　"按快门的那刻，我们说了什么？"
　　"照片里那件衣服又去了哪里？"
　　"呀，你好像又胖了呢。"

> 晨起，旧金山的太阳苏醒得特别晚。依靠着薄雾的反光，试图想看清楚镜子里的自己被记录下这刻，很感谢。

多米，我们走吧

> 八年前，还是很喜欢 Vintage 的物件，这个戒指在加州 17Miles 的路途中购得。

> 安达曼海的日落，那一天我们还遇到了古董甲壳虫车队的聚会，追随了太阳的光芒渐离。

> 看着一队背着装备的登山者路过，着短袖 T 恤与短裤的我们也盲目地登顶了，年轻。

多米，我们走吧

> 波特兰玫瑰花园里偶尔拍到的花朵成为了我们婚礼的主画面。

> 那一条有着孔雀一样羽毛色彩的鱼，至今还不清楚它的种类，还好最终它还是回归了大海。

很有意思吧？在这么多的照片里面大致很清楚地分为两个阶段。其一为多米出生之前的二人旅行时光，其二为多米出生后的生活日常或者旅行。而我就在多米出生后的照片中，悄悄地消失了，变成了从镜头前躲到镜头后的那个人。朋友们看到照片里面多米和爸爸亲昵地在一起，都会赞扬他真是一个贴心的模范奶爸。追问起来，鲍鲍总是说，出门在外我要看着小孩，无暇啊。又或者说，我没有一台顺手的相机这种借口搪塞过去。

翻翻旧照片，那套照片是从沙漠驾车奔向大雪封山的黄石公园，这几张又是在毛宜岛开了最惊险的哈纳公路，有涛岛的潜水与酒醉聚餐，也有当年还未懂欣赏京都醍醐寺雪樱压枝之风情，我大着肚子玩转花莲的十六公里沿海单车骑行。每一段旅行都有温暖的图像记忆，我认真地和鲍鲍说，以后也请记得按快门哦。

> 没有准备的我们，徒手攀爬了西雅图的 Mt.Rainier，恐高症与胆大症在一个陡坡上发生了争吵，最后幸运地征服山峰，留下了它的萌照。

> 没有想到，徒步十六湖将会是这样全程抱着多米一走到底，顶头灼烈的太阳也没有同情我们。

出发之前，准备着行头。带着三岁半的小朋友，就没有像两人行时候那么随性，这次提前做了一点地理与气候上的了解。尽管已经通过气候预报获知这是一个非常炎热的夏天，但在常规经验中总是说欧洲的夏天很舒适，将信将疑之中……最终结果是带上了一家三口的夏装与冬装，还有对于这双鞋又不配那套衣服的各种纠结，好了好了，那索性统统都带上。传说中的山里气候总是偏低，万一下雨呢？遇上了，那可真是悲惨冻入骨。带着比以往家庭旅行多两倍的行李，安心上路了。

这一天要去的是克罗地亚之行中最冷的地区，普利特维采湖群国家公园，它在1979年就被选为世界文化遗产，整个公园由湖泊、洞穴、瀑布形成了十六个湖，是典型的喀斯特山区地貌。中国有九寨沟，欧洲就是这个十六湖。因为一直没有去过九寨沟，就愈发对普利特维采湖群国家公园充满向往。

万分期待的冬装与我的心一样，跃跃欲试。想必它们也被一堆行李压着，透不过气来，既然不远万里来到这里，也得出来见见世面吧。普利特维采湖群国家公园是我最期待的地方之一。以前去过很多国家公园，大多数都是壮美到直击心灵，彻底被自然界所折服。如果说人文景观能让我为人类的智慧与文明赞颂，那大自然就是神的力量及宇宙的魔力。游玩国家公园都是徒步，需要消耗很多体能，可与收获相比，这些劳累好像也不足为道。

可是温度还是直指着三十五摄氏度以上，纠结万分，不理智战胜了我。穿上了初秋装，给多米穿的是略厚的初夏装，还把我们的外套都带上了。

多米，我们走吧

到达普利特维采湖群国家公园已经是中午，没有选择，靠近入口的只有一家烧烤餐厅。偌大的空间有些南斯拉夫旧时代的影子，只有一个贴着大烤炉的位置安排给我们，室内没有空调，也没有明亮的灯光。幸好，餐厅现烤的牛肉猪肉还是美味的。伴随浓郁的烟火气，吃到开怀，一不小心就吃撑了。昏昏沉沉走出餐厅，正好是一天中最热的时分。向导说国家公园都是狭窄步道，没办法使用儿童推车，看来重体力活的序幕就要揭开了。

刚走入，就听到哗哗水流的声息。我们位居高处，在骄阳下激动地向下俯瞰，是几潭浅蓝绿色的湖水一望通透到底，山间好几个瀑布藏在绿荫中，细细步道和栈道一样，绕着山，望下去都是小人国一样大小的游客。这样的风景突然让人觉得熟悉，山清水秀的感觉倒更像是我们中国的山水风格。20世纪90年代的内战期间，这里曾经驻扎了塞尔维亚军队，算一下这段历史也没有相隔很多年。而今看看清澈见底的湖水倒映了周边的一切，宁静悠远，没法想象这样的世外天堂也曾有过枪林炮雨的历史。

多米是第一次看到真瀑布，激动地扑腾了几个下坡路，急切要冲到下湖区。远看到那些蓝绿色的湖泊，好像把温度都能下降了几度似的，沿途的旅人都面露激动之情，我们在下坡路上玩了几次追击冲刺的幼稚游戏。我的初秋装开始发威了。灯芯绒遮阳帽闷着头顶心，厚棉中袖T恤也不甘示弱，随身背包紧贴着后背，汗水涌了上来。还好，时而有树荫，缓和几分。接连一口气冲到下湖区，游人不少，基本呈现出一个接一个排着队行走在步道上的节奏。近距离看着湖水，松石蓝绿由岸边的浅色迅速过渡到浓蓝，湖底的石灰岩是浅灰的，这样就可以很清晰地看到水底藻类、鱼儿。这样的湖水也不罕见，因为这里特殊的喀斯特地貌而让湖水富含矿物质与化学元素，正好这些元素把湖水的颜色渲染成了最迷人松石蓝绿色。我拿着85mm人像头的镜头，害苦了自己，要退后很多距离才可以拍摄到父女温情的照片，周围游人如织，人人都想停留在胜景之中为自己留下几张漂亮的照片，这种时候机位都靠抢，没人管你是不是也在取景而大家互相退让一下。还好，向来习惯了景区拍照节奏的我，趁乱还是拍了几张多米和爸爸的照片。

下湖区是没有什么树荫遮挡的，加上清亮的湖水也充当了热能反光板角色。秋装如我，已经热身成功直接进入焦虑滴汗模式。可是想想这万年难得的欧洲九寨沟，再加上秋装加持也想要秀一把造型，急急呼唤多米过来，也来张母女温情的照片吧。而多米也真是我亲生的，心有灵犀地开始焦躁起来。可能她是看到步道蜿蜒曲折，一望无底，知道接下来是一番苦旅，于是不太情愿与我合影。此时，我已趁着步道上暂时无游人，看上一个小弯角的景。这个弯角步道正好可以坐下来，可以更近距离观看湖中的小鱼儿。多米看到可以这样与鱼儿亲密对望，就高兴地过来一起坐下。相机被传递到鲍鲍的手上，小朋友看着小鱼儿在脚边游来游去，暂时忘记了前面的不情愿。我虽然是坐着被拍的那个人，脑海里已经迅速用意念和鲍鲍进行了身份对换。如何构图，抓到怎么样的表情，逆光的可以显得很温情……游人见到我们可以逍遥地拍照，不由都停留下来围着我们，可能就等着这一个好机位。这样一来，我也不敢再多占着这个席位，拉着多米起身。

　　一拿回相机看看刚才拍摄的照片，什么？这么久的时间却只拍了两张？一张是闭眼，一张又是暗暗的看不清所以然。可能是热气攻心吧，一下子被气到，也不知道为什么会这样脆弱。虽然这几年自己带小朋友，经历了无数次可以生气的事件，也得到了数不清楚次数的磨炼。可怒气上来的时候，还没有到可以瞬间自控的级别。又想想这也是件小事，还能大吼吗？不能。只好脱下灯芯绒帽子撸撸汗湿的头发，那就继续走步道吧，八公里的路只是开始第一步呢。

多米，我们走吧

多米一看接下来的步道都蜿蜒曲行在蓝色的湖泊当中，就开始不太高兴走路了。如果没有那么热烈照射顶头的太阳光，这个景观步道是非常享受的。可往往又是太阳光的折射，才能将这些富含矿物质的湖水增加色彩通透度。鼓励几下未果，鲍鲍就将她抱起，谁让我们都做了在国家公园吃苦的心理准备呢？没有去过四川九寨沟，但也看过不少照片，现在看着这些奇妙又璀璨的湖水与其真的非常相似。世界是多么奇妙，谁能想到在地球的另一端可以有一个镜像，九寨沟有大熊猫，十六湖有熊出没。但大热天的，熊也不会出来玩水。除了一种浅咖色的鱼儿游水之外，还有几群野鸭嬉水。这野鸭真是整个湖区最舒坦的主角，公母随行，悠悠然与花儿落叶小鱼为伴，脚蹼下有千年不化的水底玉树。头顶着太阳的游人都抢着拿相机拍摄着野鸭，它们见多识广，不献媚求食也不躲避镜头。太阳是那么热烈，湖水是如此清澈凉爽，只有它们能据为所有。

　　下湖区的湖泊一个连一个，松石蓝的湖水初见惊喜，接连看就有点审美疲劳。步道像一个圈，走啊走啊永无止境，多米除了与野鸭打招呼而前行几步，大部分时间都要让爸爸抱着，这下超标实现了他的健身计划。而跟随其后的我，因为游人如织也没有拍摄到无人境地的那种震撼美图，泄气。那位听过"以后也记得按快门哦"这句话的人，又一次变成一场空，这可是国家公园呐。生着闷气的我，又穿着一身如盔甲般闷热的秋装，能怪谁呢？两个半小时后，终于走完步道，在山羊湖边的空地上歇息。我去洗手间用自来水淋了个浑身透湿，走在阳光下又微微地舒爽起来。

多米，我们走吧

"要不要尝尝克罗地亚最著名的甜点？"向导娜娜在一个小店铺前招呼着，"Kremsnite，你一定要试试。"看起来一块乳白色奶油蛋糕覆盖着酥皮，像拿破仑蛋糕，也有点像网红新疆甜点娜帕里勇。可能师出同门，但这三者的奶油、蛋糕、酥皮的比例各不相同。Kremsnite 看起来大部分是奶油，一个重磅热量炸弹，太适合我们这种刚下场的马拉松选手了。连忙接过一块，啊呜咬下去，淡淡的奶油香气充满口腔，柔软到舌头里滚了一圈就滑下肚皮，远没有它外表所看起来那么甜腻。

　　"妈妈，你在吃什么？我也要。"这孩子被一路抱下来有的是体力，抓住我的手把 Kremsnite 塞到自己嘴巴里。

　　"爸爸，你辛苦了，多米要你抱，咬一口吧。"爸爸被突如其来的甜点糊了一嘴。

　　互相看看对方，哈哈哈哈哈，一口甜点把三个人都笑倒在巴士车上，Kremsnite 给十六湖苦旅画了一个轻盈的句号。

11

小森林里的梦幻园

"爸爸你看，天气热，

"小草也出汗了，我也出汗了。"

　　幸福的是，自然醒来看到有一丝丝微光从窗缝隙里进来，细小的飞尘在光线里起舞，就像是热烈又无声地庆贺你睁开眼睛。有鸟的唧唧声，还可以听到它们在树枝上跳来跳去，有爪子抓住细枝的嗉嗉和挥动翅膀的细微嚯嚯声音。

　　这样有生命力的苏醒，不是冬眠春醒，是一家人在一间森林小木屋里的清晨。

　　昨夜，我们三个挤的双人床是由两个一米宽的单人床拼起来的，小木屋不凉爽，一台旧式的电风扇吹了一整个晚上，十六湖徒步回来后都睡得又熟又香，一夜无梦。

刚走进小木屋的时候，多米还沉醉在她以为的童话世界里面。房间里的一切都是迷你尺寸，低矮的小木门只能一个人低着头通过。进门的时候多米以为她又长高了，在家里她有一个手绘的身高尺，是我帮她用铅笔画在门框上，这一年她的身高在门锁附近十厘米范围徘徊。昨天进门的时候，多米发现自己远比门锁高了，笑着说自己又长大了。

拉着两个行李箱进木屋，也变成了滑稽的比例，箱子也长大了不少。木屋的窗外是一片小小的森林，木头百叶窗户打开着，有红色的小甲壳虫在窗框上爬行。与读过绘本里面的场景一样，出现在眼前，让小朋友情难自已，接连跳上小床蹦跳着。看她这样开心，就像看到了小时候的自己，每每有一件小孩子所认为庆祝的事情，那时的我总会跳上大床蹦。那个爸爸妈妈睡的大床是棕榈编织而成，经不起我的弹跳，但妈妈从来也是温柔地看着我在上面跳着，跳得棕榈软塌了也只是笑笑。此时，多米拉着我要一起庆贺走进她以为的童话世界，我们三个人一起把单人床拼合在一起，倒在不太软的床上。

床头有旧式的灯，盖着布面灯罩，鲍鲍把手伸到灯罩下，有淡淡的影子被打在了白床单上，灵机一动，要不来玩影子游戏吧。我打开手机曲库，久石让《梦的星空》轻轻地播放着，把两只手掌都打开，拇指交叠并伴随着手指扇动，一只飞翔的鸟儿出现在白色的床单上。多米只会用三个手指扮演一只小狗，食指和中指是小狗张着嘴巴，动动竖起的耳朵，那是大拇指在扭动。爸爸会用双手一起做两只相伴相随的兔子。一家三种影子动物在床单上演出一场可爱的影子游戏，多米稚气的声音编起她的森林小动物故事来。在嬉笑与简单的音乐声中，我们都渐渐睡去。

聆听着小鸟的歌声睁开双眼的小孩，尚未来得及洗漱就急着要走出木屋看看小森林。两层楼的木屋安静得听不到其他声响，看着一扇扇紧闭的小木门，住客们还都在美梦。小朋友知道控制住自己的分贝与脚步声，拉着我们轻声步出木屋区域。林间是一层薄薄的草地，夏日的太阳出来得格外早，草上零落地洒着露珠。

> 松果掉落下来，太多了，松鼠也来不及用早餐。

"爸爸你看，天气热，

小草也出汗了，我也出汗了。"

多米，我们走吧

> 婚礼上两片叶子价值二百八十元的戒托，在森林里随地可见，肆意生长，对我有点残忍。

"爸爸你看，天气热，小草也出汗了，我也出汗了。"多米捋捋刘海，虽说是晨间的太阳，威力也不小了。

"多米，那些是什么，有好多。"爸爸也在草地上发现了些松果，抬头细看，这个小小森林大部分是由各种松树与冷杉聚合而成，这里一定是小松鼠的乐土，虽然我们都没有遇到。

在大松树的脚下，我看到了雪叶菊。它是银白色的叶子，如同被覆盖上一层薄薄的初雪，有明黄色的花儿盛开着。看惯了其他高饱和度的绿色植物，它显得尤为与众不同。雪叶菊是我们婚礼时候选用放婚戒的花托，能在克罗地亚的小森林里遇到野生的，万分欢喜。我指给多米看，那是爸爸妈妈结婚时候用的一种花，显然懵懂的小娃尚未理解结婚的寓意。但她看过照片，知道穿着像公主一样美丽的白色裙子就是结婚。

多米，我们走吧

空气里散发出来青草泥土气味，和着晨光的热力，直冲到鼻子里面。我也是从一个迷恋森林故事的小女孩慢慢长大，小时候没有平地的森林，更喜欢去山林。一路攀登着上山峰，躺在大石头上抬头看云。山腰上的丛林里面采花儿，带着巨大的山蚂蚁回家。小时候也没有现在城市里流行的室内游乐场，儿童乐园是有的，都在户外，生了点儿铁锈掉了点儿油漆的秋千或是跷跷板。喜欢在风里面在阳光下蹦跑放电，野果子也捡。而小时候的鲍鲍是在球场上长大的孩子，一只破足球就可以玩一整天，跑跑跳跳摔破腿踢坏了球鞋。

"去外面玩"这句话对童年的我们而言就是去户外玩。现在多米生活的地方并没有太多的日子能敞开了在户外玩，所以出来旅行也是她能随心所欲地与太阳与好空气约会的日子，我经常半开玩笑地说，这样玩一次就把平时一个月里面的户外指标都达标了。

多米，我们走吧

翻过小森林，是这个营地里面的步道，周围停了好几辆房车。最靠近步道的房车架着遮阳棚，简易折叠桌椅上面放着水杯与面包，有一对老人夫妇在准备着早餐。房车的后侧挂着两辆山地单车，看起来这里周围应该有很多天然的户外运动场地。什么时候我们一家也来一次自驾房车之旅呢？这是从很久以前黄石公园回来就定下的愿望，看着个子已经长到我腰际的多米，也许下次就可以实现了。我们与房车外的爷爷奶奶问候了早安，随后再向前散步。

入内步行，原来这个营地的规模不小。除了我们昨夜居住的小木屋、今天看到的房车营，还有特别现代风格的摩登木屋，围绕着一个蔚蓝色的户外泳池。爬到台阶高处，可以俯瞰整个营地。望向远方，看到大片草地上出现了几个印第安式样的帐篷，多米止不住高声叫起来："噢，巨大巨大的帐篷！"真是几个巨大的帐篷，比起我们平时看到的儿童小帐篷大了十几倍，矗立在草地上。一瞬间，就有一种在野外迷失而找到救星的激动感觉，大家一路小跑着扑向大帐篷。

> "下次能让多米也试试睡在帐篷里面吗，妈妈？"

　　帐篷由一种旧油布与粗木头搭建而成，鲍鲍仔细打量了一番，说它的建造原理与我们平时玩耍的玩具帐篷是一样，只是木头又粗又重所以非常牢固扎实。油布上的插画都取自原始图腾，驯鹿、乌龟或者是部落图纹，出现在这样的营地里，真是感觉梦幻失真。也许是我们的声响惊动了某一个帐篷里面的住客，驯鹿帐篷的圆形入口被由内而外拉开了，探出一个栗棕色卷毛脑袋的小男孩，他张开嘴巴笑着，露着门牙的大牙缝儿。他嘀咕了几句我们听不懂的语言，打着手势让多米过来看他的帐篷。"Ciao!"多米只会这一句现学现卖的招呼语，没想到小男孩也一串流利的意大利语蹦出来，意大利语在克罗地亚的海边也是一种通行语言。语言上的障碍一点儿也没有妨碍到小朋友间的交流，他们趴在草地上，一个炫耀着捡来的松果，一个炫耀不知道哪里来的漂亮石子儿。

　　远处，太阳越来越高。小朋友一点儿也不在意天气的炎热，互相对一个眼神就能找到玩伴的本事，让我也怀念起童年简单的爱。

　　在这个迷你小森林中，我们总被一个个场景所触动。

　　感情仿佛在此被放大了。

　　简陋小木屋里的一夜欢乐，青草上挂的一颗颗露珠，

　　松果里面空空的，那几颗松仁给谁吃掉了呢？

　　帐篷里面出来的是小精灵吗？

　　一家人在小森林里都得到了一夜童梦。

12

扎达尔的
落日交响仪式

多米，要听故事吗？

"在海的远处，水是那么蓝，像最美丽的矢车菊花瓣，
同时又是那么清，像最明亮的玻璃。然而它又是那么深，
深得任何锚链都达不到底。"

　　　　　　　　　　　　　　多米，我们走吧

　　闭上眼睛，我就能回想起那天在扎达尔（Zadar）海边的光景。落日余晖拥有强大的威力把目及的一切万物镀成金色，如同往人间倒了一缸金子熔化的水。我看到小朋友眼睛里也有个太阳，泪珠也在闪烁着金光。我们久久地站立，看过世界上不同的夕阳落日，扎达尔是一场完整的落日仪式，它如同一支交响曲般悠远绵长。

多米，我们走吧

　　从公元前 9 世纪伊利里亚的利比里亚部落在扎达尔定居开始，人类的文明就在这个亚得里亚海半岛上开启了。与克罗地亚其他的古城一样，它经历了罗马帝国、匈牙利、威尼斯共和国、奥地利的相继统治或占领。其中近代意大利对扎达尔的影响最为巨大，在世界大战的纷争中，扎达尔也未能幸免于难，老城中百分之六十的区域被炸毁，而后在 20 世纪 90 年代内战期间又被南斯拉夫军队包围侵袭三个月之久，伤痕累累的扎达尔如今却丝毫看不到战争破坏的痕迹了，它按照旧城的布局重建与修复起这个古老的城市。尽管经历了如此多的战火洗劫，但收获了不同国家文明的交集、冲突与融合，达尔老城还是以历史遗迹众多而被联合国纳入世界遗产名录。因为独特的地理位置，它占据半岛的尖端，城市的三面都被亚得里亚海所包围，除了拥有被希区柯克誉为"世界上最美的落日"之外，在战略上也具有重要意义。

多米，我们走吧

多米，我们走吧

带着多米穿行在千古文明堆积起来的老城中，老石板路规整统一，隐隐透露着曾经是交通要塞城市的规模，紧贴着老石板路的旁侧是拓宽的现代步行道，道路的两侧还保留有古老的排水道，新旧交融得不露痕迹。我们散步于此，想着亲身踏步在古罗马的历史步道上，思绪顿时被牵引到千年前的幻象。而我们的小多米，她知道这些是古老又漂亮的房子，但更吸引她的是路边那幻彩又明朗的手绘装饰小画、甜蜜又可爱的糖果店、永远吃不厌倦的冰激凌。我们彼此各取所需，又手拉着手领略着历史与现代文明互相交融所带给扎达尔的不同活力。

> 穿行于年代与时间的隧道中，脚步轻踏在石阶上，和千年间谁人的印记重叠了。

多米，我们走吧

　　听说扎达尔有一个传统，在节假日与大型活动期间禁止佩戴手表。理由是在如此优美的城市，时间是多余的，在这里，你所要做的就是忘却时间。路上会有纠察负责查看谁的手臂上有手表，如果有就会被罚立刻跳入大海。这虽然是源自 2001 年扎达尔旅游宣传片中的一个噱头，但还是被年轻人们所喜欢，每年都会有人刻意佩戴手表被抓被罚，从而可以有借口一跃入亚得里亚海之中。逐渐，这个传统就被保留了下来。在 7 月的音乐节期间，千人跳海就成为一个最疯狂的节目。还好，我们去的是 6 月底的扎达尔，躲开了这个 7 月音乐节日，如果碰巧遇到这样的纠察，以我们一家的游泳能力可能就要上演一出救命风波了。

这个疯狂节日的存在也是扎达尔古老却充满着活力的一个印记。不仅是拥抱着祖先的遗产无忧地看夕阳，这个古城也开始了它们的现代摩登化的文艺复兴。

坐在古罗马会场的遗址中歇脚，多米在低矮的墙砖上玩耍，时而与一群鸽子一起慢步走，时而又低头抚摸着雕花罗马柱脚，在大理石板间玩着跳房子的游戏。自从在萨格勒布的广场上与鸽子们一起玩耍之后，他们之间便成为了不用交流的朋友。多米通过观察，知道不能打扰鸽子觅食，也不应该奔跑着驱赶为乐。与这些小朋友们最好的相处方式，就是轻轻地陪伴，不去惊动它们，让它们在自己的地盘上可以自如活动。她偶尔咕咕咕学着鸽子的叫声，欲展翅起舞。

我靠在一根倒下的罗马柱上，看着稀稀落落的游人们都能在此随意坐靠，真是觉得有点不可思议。古罗马会场是罗马帝国的第一任皇帝奥古斯都建立的，在遗迹中能看到刻字的石碑显示这个建筑在公元 3 世纪前被建立。以往只能在博物馆中远远观赏，而无法触摸的古石现在就那样摆放着，甚至凌乱地倒在地上，完全原生态地显示着历经岁月洗礼的沧桑，扎达尔真的是一个遗迹多到不用去靠围圈起来贩卖古文明的宝地。在千年之后的今日，倒塌的罗马柱、还在流动着水流的罗马引水渠、塔楼等断柱残垣，却能与简洁的现代主义设计完全融合为一，扩展成为新的罗马会场。旁侧圣多纳徒斯教堂的大圆顶风格，在这里非常罕见。也许在 13 世纪它能躲过蒙古人入侵，也是因为圆形的建筑让蒙古人思念起家乡的蒙古包而不忍下痛手？圣多纳徒斯教堂现今是一个音乐厅，可惜我们这次没能遇到音乐表演，如果能在这样的古罗马遗产建筑里听一场音乐会，那是多幸运的一件事。

> 虽说步伐有点焦急地走向大海，可是扎达尔的夕阳是如此漫长，几乎让人可以定定心坐岸边喝光一瓶白葡萄酒。

多米，我们走吧

远处天色开始温和起来，旅人们渐渐聚向海边，所有的人都为了这一场落日交响曲而来，扎达尔每天都会公布当天日落的时间点，就像是公布演出时间一样慎重。

　　我们走在海滨步道上，它宽阔而宁静，一望到底的西北角应该是半岛的拐角，看起来像是步道消失在海的一端。大理石的海滨步道很年轻，和刚才的古城有着完全不一样的风格，如同坐了时光机从古罗马瞬间转移到现代摩登城市。岸边有成群的年轻人身着泳衣在嬉闹，他们跳入海里举着酒瓶畅饮，不时又和声喧闹，让我这种好妈妈也开始怀念起青春的不羁。

风吹拂起裙子，风又推着海浪拍打起大理石的海滨步道，风弹起来海风琴独奏，有低沉的嗡鸣，也有高昂的曲调，矗立静静聆听。

"在海的远处，水是那么蓝，像最美丽的矢车菊花瓣，同时又是那么清，像最明亮的玻璃。然而它又是那么深，深得任何锚链都达不到底。"听着是海的女儿唱起了来自天堂的歌声。

多米坐在海岸边黑白钢琴键形的座位上，与爸爸一同望向大海，伴随着海风琴的声音。赏海与发呆历来是鲍鲍最爱做的事情，记得我与他两人热恋的时候第一次出行在安德曼海上坐着游艇，相互无语凝望远方。我尚未了解他，这样突如其来的沉默无语着实有点让人摸不着头脑。后来才知，有些人面对美景的感动方式就是发呆，还好现在多了个女儿也愿意陪伴爸爸一起呆呆地赏景。

扎达尔的海风琴是世界上第一个将建筑与大自然互相结合，让大海作为演奏者来弹奏的管风琴，它应该是世界上最大的管乐器。在十几年前，扎达尔的规划者认为在考古与挖掘历史遗产的同时，也应该积极去构建出更为广阔的现代式横向发展。现在海风琴所处的半岛西北角，在以前因为远离老城中心而人迹罕至。而这里恰恰又是扎达尔的港口，所有的外来游客如果从海上抵达扎达尔，这里是这个城市的第一个窗口。规划者颇有远见，他们的愿望是能让旅人可以在海边眺望古城，又可以停留欣赏世界最美落日。能留住旅人的办法，居然是用大自然中最为常见的海浪与日光。

总建筑师尼古拉·巴希克从小在海边长大，偶尔听过大自然中海天然的吟唱。为了实现这个史无前例的人造海风琴梦想，他找到了声学专家、海潮专家与音乐家组成团队。用七十米长且高度不同的大理石台阶做成琴键，台阶内部装设管道，并向上延伸开口露于地面。海浪的波动伴随潮汐的升降引起管道内压力的变化，产生频率与强度不同的气流。当站在台阶的不同地点会听到不同频率的声音，海浪与潮汐也会随着季节和一天内时间的推移发生变化，附近海上经过船只也都会影响到音频。这海风琴的旋律是不可预测的波动，这位大自然的演奏师还真是随心所欲啊。

　　海风琴奏响了落日交响曲的第一乐章，整个世界开始变成交响曲的画面。天空从湛蓝开始逐渐温黄，大理石地面被反射成金黄色的镜面，多米穿着白裙在地面上被温黄的光线拉长了影子。海边逐渐开始聚集起越来越多的旅人，大家都安静地望向大海，波浪也变得温和起来。

扎达尔的落日交响仪式

多米，我们走吧

远处的薰衣草丛中，阳光下迎来一对穿着礼服与捧花的新人。在衣着休闲的旅人当中，尤其显眼得让人挪不开注目礼。他们互相依偎着，摄影师在记录着这美妙的时刻，应该是想用落日交响曲作为伴奏，为他们新的生活开启浪漫之门吧。我们又何尝不是呢？海边的落日对我们一家而言也是那么地富有寓意。在珍藏的众多落日留影中，有一组照片是在多米出生前一天而拍。那是十月底的海边，天已经冷起来。因为怀孕却一直不太显怀，迟迟没有去拍摄孕期的纪念照片，我也不想被拍出一种吃饱撑肚的视觉感而非一个幸福的孕妇。直到快接近预产期，鲍鲍突然催促着我一定要在这一天去拍摄。其实大肚子还不是非常显眼，穿上最贴身的蕾丝小礼服才显露出一点山水。但想着距离生产也不足半个月，恰好又是黄昏夕阳时分，能站在大自然的光线下拍照那远比摄影棚内的写真更具有生活气息。带着我的小肚子与相机一起来到海边。那里有着巨大的白沙滩，天光完全是粉红鲑鱼色，如果说扎达尔的落日是伟大的交响曲，那一天的落日就是一支浪漫的爵士乐。虽然初秋的海风很大，吹得人有些瑟瑟发抖，但被这漫天的粉色所打动，觉得这是肚子里的小多米用公主力在发威，粉红都是公主们喜欢的颜色呗。鲍鲍那时候还不太会用手动挡的相机，在海风中调节了很长时间。初期帮我拍摄的都用自动挡，出来一种金色背景下的剪影照，简直像舞台上的迈克尔·杰克逊。后来他自己琢磨一番，终于自学会用手动档后，我们将眼睛所看到的落日最真实的美丽摄入镜头。这也是我唯一的孕期纪念照片，是由多米爸爸亲手拍摄的夕阳照。那天看着太阳落山后，我们还在沙滩上逗留许久，等着海上的雾气将我们包围，心里想的都是肚子里的小多米出来后会是怎么样的日子呢。没想到，第二天多米就提早降临到了我们当中，即刻就从二人世界蜕变成三口之家。

　　看看此时依偎在爸爸怀里遥看夕阳的多米，总是感叹时间的飞逝。每次看夕阳也都是这样的感觉，总觉得太阳就像是一下子掉入地平线内似的，一会儿时间就消失了。而扎达尔的落日交响曲与我们见过的所有地方不同，它非常仁慈地顾及我们的忧虑，从序幕到谢幕足足有一个小时之久。在这里不用担忧夕阳一眨眼工夫就消失，也许是因为这个半岛的地埋位置关系，没有任何遮挡或者方位的不同。多米可以在金色的光线下奔跑着，我们随意走动在岸边的野花丛中，因为一切都被光线晕染得无比温和美丽。

希区柯克在扎达尔的海景酒店里写过扎达尔的海上落日："巨大辉煌的落日浅浅沉入海中时，我感到了大自然的永恒。扎达尔的海上落日无疑是世界上最美的景象之一。"所有看过扎达尔落日交响曲的旅人无不为此景所感动。既然如此，尼古拉·巴希克又一次用阳光创造出另一个大自然的艺术作品"向太阳致敬"，它就在海风琴的旁侧。

　　这个艺术装置是以一个直径二十二米的巨大玻璃大圆盘为底，在玻璃的下面安装了几百片光伏电池板。白天，亚得里亚海上日照强烈，光伏电池板吸取了足够的光线转化成电能储存。这个艺术装置储存的电能驱动一万支光电管发出彩色光芒，在电脑控制下组合成不同图像。还能根据古老的圣格里索格太阳历，在地面上三十六个阳光投影的位置轮流拼出扎达尔历史上三十六位古代圣贤的名字。

　　在落日交响曲完奏结束最后一个乐章，"向太阳致敬"延续起这段乐章的安可曲。无论是我们又或是孩子都不由自主在这个摩登的玻璃圆盘上起舞。海风琴在随心所欲地歌唱，旅人们在光波里幻走，在梦境里飞舞。远处钟楼在俯瞰这个古老又摩登的扎达尔，时光轴滚动着千年的历史进程，为人类伟大的创造力欢呼。

多米，我们走吧

扎达尔的落日交响仪式

多米，我们走吧

13

狂欢岛的一日

我看着这个抬头望星空的小朋友，多米啊，你是这个地球上的新客人，我们是你的带路者。可你又帮助我们寻找回成长岁月里遗漏的细枝末节，谢谢你哟。

　　从斯普利特 (Split) 到赫瓦尔岛 (Hvar Island) 要坐渡轮，周围好玩的岛屿太多，俗称要开始跳岛了，在每个岛屿唰一下签到就赶往下一个岛。每次有人提到跳岛这个词，我都想要笑起来，不由自主地就在脑子里面铺开一张棋盘，要开始下一副跳棋了。因为我是下棋菜鸟，所以跳棋是唯一可以玩的棋类娱乐。不过在汪洋里如果和跳棋一样跳一步就到目的地的话，并不好玩，我们要乘风破浪去坐渡轮。我把坐轮渡这个交通工具也看作是一个娱乐游玩项目。

　　即将要乘坐的轮渡很大型，可以让大型旅游车也一起上船摆渡在海上，每天只有一班开往赫瓦尔岛。向导认真地千叮万嘱早上不能迟到，错过了轮渡就牺牲了一天的游览项目。一个每天都开玩笑说笑话的向导变成这样严谨的人，这让人很紧张，以至于前一天晚上和鲍鲍两个人各吃了一碗泡面就早早睡去。

> 总是记得多米刚学会走楼梯时跌撞的样子，所以也就习惯在下楼的时候牵着她的小手。

次日的清早，在一片混沌之中算是如期赶上了轮渡，一直坐着车行驶到轮渡的肚子里面，再下车前往旅人坐席。轮渡是用海蓝色作为地面，柠檬黄色的座椅，加上刷得雪白的栏杆，这三种配色与地中海的阳光加在一起，就像淋头浇了一杯柠檬汽水，心飘飘然，而眼睛被刺激得彻底清醒过来。

"我们要去度假了！"多米居然也被这样的颜色刺激到了，掏出自己花瓣形的太阳眼镜煞有介事地戴上。也许她是在模仿轮渡上的其他乘客，草帽也顶在了脑袋上。

蓝黄相搭是我从小就喜欢的颜色组合，不知道这轮渡的设计者是不是也看过色彩心理学的书籍。如果是有意为之，那是真算有心。据称在色彩心理学里面，蓝色被称为最能镇静安神的颜色，在轮渡上使用会有抑制晕船的效果，而黄色是心理上最为快乐的颜色，一段有趣的航线就要开始了，也难怪小朋友的第一反应就是要开心地去度假了。除了这种配色心理学上的所谓好处之外，整艘轮渡也因为这样的配色而显得格外时髦。就算是我们这种自以为见过世面的人，也急不可待，就要摆出各种姿态互相摄影留念。不过，也不必担心举止突兀，不止我们在忙着拍照，全船大部分人也仿佛被感染了在自拍，再怎么举手投足看镜头也并不奇怪。太阳光很烈，忘记戴墨镜的人就只能眯起眼睛来笑，就在这种嘻嘻哈哈的背景声中，海鸥趁机放肆地在白色栏杆上行走与审视。渡轮慢慢起航，斯普利特码头后侧的尖顶观景钟楼在移动，栏杆与遮阳顶篷构成了一个宽荧幕的视觉效果，仿似一幕幕地播放着高饱和度的影片。

> 望着移动的大海是一件享受的事情，波浪此刻在我眼里掠过又缓缓流向何处，如同小孩的成长一样渐行渐远。

多米，我们走吧

> 她总喜欢沿着苹果的圆形啃一圈，以为是星球运行的轨道。

多米，我们走吧

从斯普利特到赫瓦尔岛大约在一个半小时左右。初期，为跳跃的满眼色彩感动，为围绕着栏杆觅食的海鸥惊喜，为海风吹拂的乱发迷离。船程过半，又有点耐不住热气。甲板上的座位是漂亮的，当行进在海中央，甲板头顶的遮阳布也有点挡不住地中海阳光的威力了，海风再大也是热烘烘。可能我们黄种人天生不耐晒，看着周边的浅发白人恨不得掀掉遮光帘晒个痛快的劲，摸摸发烫的黄皮肤，一家人只好移去内舱。这里貌不惊人，和甲板座位有天差地别的时代感，像是 20 世纪 80 年代的时光在内舱停住了。除了一舱中老年人之外，陈设也是如此复古，但可喜的是有空调。到底是无法潇洒到最后的人，看着软皮沙发与合适的温度，就瘫软下来。我也不懂以前那个最爱晒麦色肌肤的自己，被丢弃到哪个时空去了。

　　有了孩子之后，作为大人在保持一个静止状态下总会不由自主瞌睡起来。带多米出来玩，随身总是会准备一些对她而言的所谓秘密武器，让我们在旅程中有机会可以休息下。这一天就带了几罐橡皮泥与好玩有趣的模具。在船程的最后一个小时里，我可以有空闲与旅伴们聊天，鲍鲍打盹，而多米开始专心地做一个雕塑爱好者。小孩子在无人打扰的状态下，可以专注一项游戏玩很久很久。倒也是不能给她太多选择，这样反而分散注意力而更加让其无所适从。在几罐橡皮泥快要玩腻的时候，多米发现熟睡的爸爸脸上也是一个衍生空间，她发挥想象做了一些胡子粘在爸爸脸上。爸爸正在打盹享受中，不知是故意还是真的睡太沉了，毫无动静地任由摆布，一个是嘻嘻哈哈的孩子，一个是叫不醒的老爹，船程也变得飞快，就这样抵达了赫瓦尔岛。

　　踏出船舱，灼热的阳光和热辣的青春气味侵袭而来，呼吸一下，擦身而过的都有了年轻汗水气息。船上的客人们大多携带着轻便的随身小行李，一转眼就融入人群之中。环顾周围，这个岛与其他一路走来的小城都不太一样，这里忽然之间感觉是聚集了整个克罗地亚所能见到的最美丽的身材，是因为年轻吧。看着这些正值青春的少男少女们，鲜嫩得比码头上娇艳欲滴的车厘子还惹人瞩目。也不知道是由于岛屿的自然风景主导了这个"全球最美的十大岛屿"的盛名，还是登岛的人儿们颜值太高而被赋予这个称号。

多米，我们走吧

低头看看自己穿的宽松裙装，再牵着一个小娃，嘭嚓嚓的不夜岛顿时与我们画风不搭。想着以前青春还大把在手的时候，每到一个目的地都很想要融入当地人的造型里去。转眼就已经固定了审美思维，连续几年都不曾更换，选了一个最适合自己的造型就再也不想受时髦或者流行的影响。虽说如此，眼睛就还是很喜欢欣赏各种美的人与事物。背靠着圣斯蒂芬广场上老兵工厂的石墙座椅，可以在阴凉处松弛一下被日照晒得几乎滋滋冒油的皮肤，看着石头广场上过往的时髦登岛旅行人，听着向导讲解对面山坡上古老的城墙与废弃的宫殿旧事，用当地盛产的浅色大理石建起城墙间隔了贵族与平民。这里的大理石也与平日在中国看到的极其不同，皆为浅米色并质地粗犷，我倒是很欣赏这样的色彩，想着如果真的可以就地取材畅用这种浅色粗犷的石材，那新家的装修也不至于全然拒绝使用大理石了，国内把它加工成为亮如镜面般的冷冰，实在是让我喜欢不起来，如履薄冰的地面不能即伸手就拥抱家的温暖了。所以自古以来，一个地方的色彩真是和当地惯用的建筑材料不可分，回想着我们的青石板，又抚摸着地中海的大理石，看似普通平凡的它们却是决定着东西方建筑色彩文化的基调。哎，惜叹这随处可见的石材却不能让我带回新家增加点异国色彩。

　　如果没有在正当午时登上圣斯蒂芬广场北面的山，也不会看到如此繁密的巨型多肉植物，它们就应该是在灼热到发狂的阳光里才是自然的舒坦的。以上是我耗尽全力，流了五斤臭汗后给自己的圆场说辞。

　　还好赫瓦尔岛典型的日晒下酷热，树荫处凉爽，不至于让我们在攀登中途而退缩了。有很多小酒店或餐馆并行在上山的石头阶梯两边，用诱人的照片展示着当家拿手菜，不停消磨着登山者的意志力。多米已经被晒红了脸颊，力气倒是很大，在热得冒烟的石子上坡道行走着。她从出生开始就是我们自己亲手带着的，最初还是一个婴儿的时候，用育儿书本里教的方法来了解不会说话她，几乎都是没有错过，可能就是传闻里面的教科书宝宝。而现在这个三岁半的孩子，偶尔也会有了让人想不到的地方。我和鲍鲍都有点惊讶多米可以红着脸与我们携手爬山，刘海贴着额头，汗津津的努力样子。也许是出门去看新世界，从小熟悉的环境突然改变了，让小朋友在新鲜感之下也想来点不寻常路数？

　　在最热的一段山路中，如同宇宙怪物一样的多肉植物现身了。在克罗地亚走过一个个城市或岛屿从未见过这样巨大的多肉植物，莫非是赫瓦尔岛在岁月的更替中又几经各国占领，带来了各种不同的植物种子？何况这里盛产的蜂蜜也是因为多种多样的鲜花采集融入而有着特别的风味。在干燥疏松的灰白山土里，面朝亮蓝而平静的亚得里亚海，多肉植物肆意地张牙舞爪。肉眼无法看见它们的生长，却能用无声的张力表现出这个领地上的主控权力。上一次见过这种大型植物，还是在圣地亚哥与墨西哥的边境，也是一样的炎热与火太阳。要说赫瓦尔岛是世界十大美丽岛屿之一，我想这样奇异的植物也应该是有功劳的吧。忍不住猎奇与欣赏之情的外露，一个人在很难落脚的陡坡上用全力固定住双脚，与这些宇宙巨人们保有点距离来合影，惹得鲍鲍与多米分外关切我笨拙的步伐会不会不稳当。

> 黑橄榄与软山羊奶酪，就着鲜嫩的番茄碎，一丁点儿橄榄油就浓郁清香，这是整个克罗地亚物产的浓缩。

> 漂亮的冻章鱼足颜色娇嫩得与赫瓦尔岛一样动人，透过浅黄色的白葡萄酒望过去，如鲜花撒一地，谁又知晓那是生前张牙舞爪的章鱼先生。

多米，我们走吧

正值午间，登山已经快耗尽体能。靠着小海湾的是一排排餐馆，随意就座的小饭馆端出了自豪的餐酒，还有每一道都可以赞叹满分的下酒菜。原本打算草草午餐的心情随着这些高水准的出餐变得慎重起来，赫瓦尔岛也曾是 Jay-Z 和 Beyonce 这种超级巨星来度假的岛屿啊，想来料理水准也应该对得起全世界最美十大岛屿的盛名了。这里盛产章鱼，这一路上我们吃过几次烧烤做法的，因为新鲜的缘故，简单做法就已经几近完美。到底是赫瓦尔岛啊，非要用时髦的料理方法来呈现。切成薄片的鱿鱼足一片片被果冻汤汁凝固起来，洒上橄榄油之后又加上叫不出名来的香料，喝一口白葡萄酒，几近神仙。

在吃完一份多汁鲜美的墨鱼汁米饭后，多米睡意袭来，想着这一路旅行中几乎都没有在床铺上睡过一次完整的午觉，外面又是烈日当头，海水像浅蓝的镜子一样又把当空的阳光反射到每一个角落，几近无处遮阳，我们决定用午睡来度过赫瓦尔岛炎热的白天。

我和鲍鲍在睡眠习惯上是完全相反的人。从记事开始，我就不爱睡觉，这个习惯让我的妈妈与幼儿园老师非常困扰。而鲍鲍很享受睡觉，随时随地就可以进入高质量睡眠。也许是一个家庭互相影响的关系，我们慢慢互相中和了睡眠需求。躺在酒店舒适的床垫上，小朋友很快就进入熟睡状态。它是一个背向阳光的房间，安静阴凉，夏天的午觉在我小时候是折磨，如今已经变成难得的安静与享受了。记得多米七个月大的时候，我们带她一起去了檀香山度假。那时候这个小小孩又是喝奶又是需要添加辅食，一天吃好几餐，睡好几轮。大约有一半多的时间我们都在酒店房间里伺候着她，这才意识到以往二人世界里那种习惯的旅行方式被打破了，现在是一家人了，我们需要走入相互的世界来寻求家庭的平衡点。

赫瓦尔岛的夕阳裹挟着海上薄薄的雾气，充电完毕的一家人仿佛眼睛里都闪着光，没有目的就随意沿着海湾行走，这是一天中最美的时间。

远处有一个彩色木头打造的游乐园突然出现在夕阳的逆光圈里，在这个岛屿上有点不同寻常。走了这么多的城市，克罗地亚不是一个特别去营造亲子氛围的旅游国家，垂手可获皆是景，太多自然资源可以让小朋友找到原始乐趣，所以人为的建造反而很稀少。赫瓦尔岛这个以狂欢派对为乐的地方，出乎意料的这一份童趣简直是万般之好。

旧木头已经斑驳了，上面被各种涂鸦文字无序地覆盖，应该是喝醉夜归的年轻人，呼着酒气痴笑地滑过滑梯，酒精带来失控的幼稚力对成年人是种诱惑。褐色的松针叶子堆积了一地，这里没有塑胶地板。还是就地取材、靠山吃山的克罗地亚思路吧。摒弃了用任何塑料，这些旧木头玩具理直气壮地待在那里，就像从土里自然地冒出来似的。

多米，我们走吧

狂欢岛的一日

多米，我们走吧

多米，我们走吧

"咦，这个木桶也是玩具吗，它是什么？"多米看到了一个从来没有在游乐园出现过的玩具。

"多米，妈妈知道这是什么。玩起来特别有趣，妈妈小时候在幼儿园玩过……"

那个玩具的名字我也不晓得，就像是一个横倒的大木桶，狗熊踩球有没有见过？对，就是那样玩的。木桶上方安装了扶手，小朋友可以双手抓住扶手，双脚踩木桶，你踩得越快木桶就转动越快，无论是玩乐者本人还是围观的人都会放声大笑。我在玩这个滚木桶的时候，就是和现在的多米一样大。在那个幼儿园里面我只是读了小班就转学了，之后再也没有玩过这样的玩具。在读小学之后，我还曾经在某一个周末偷偷回到这个幼儿园，特意去玩了一会儿这个滚木桶游戏。到底是怎么溜进有门卫看守的无人幼儿园呢？身边的小伙伴是谁，我都忘记了。只记得那是一个太阳快要落山的周日傍晚，脚踩着木桶飞速跑动，不敢发出声响却又在心里默默大笑。

鲍鲍也没有见过这样的玩具，大家甚至还看不明白这是怎么玩的。那我来演示一下这是怎样的玩法，顺便看看我们一起哈哈大笑的声音到底有多大吧。把凉鞋甩在地上，赤脚爬上了木桶。时隔几十年不玩，技艺没有丢失，脚板很快就把木桶踏得飞转起来。我自己第一个忍不住大笑起来，但又要时刻留意着木桶的惯性，太得意的话会马失前蹄，所以脚步也不能停下来，多米也在为这个傻乎乎的妈妈拍手大笑。

太阳又沉下去了一点儿，反射出金色的光线把整个沿岸笼罩在一片宁静之中。儿童游乐园里我们的大笑声音拦住了路人的脚步，笑声比夕阳盛景更有感染力，他们都凑过来围观这个滑稽的滚木桶表演。看得出几个年轻人都好奇地想上来试试，我把滚木桶玩具让给他们尝试，他们却一个个地挑战失败了。

"我妈妈最厉害！"多米总是捧我的场。

多米，我们走吧

狂欢岛的一日

> 海里面的水汽升上来，夕阳的余温又将它蒸腾，薄薄地蒙上一层纱雾，我像浸泡在香槟酒里面似的欣然。

多米，我们走吧

多米，我们走吧

在克罗地亚的每一天几乎都能看夕阳落海，久居在被摩天大楼与高架占领天空的上海，这里的落日把我一整年看夕阳的份额都填满了。赫瓦尔岛上可以脚踩着岸边的礁石块，席地而坐，抬头是被染成暖色的天和云，低头是海浪拍打着脚板。

入夜，不夜岛显露狂欢本色。

餐馆上晚餐的速度符合度假该有的节奏，慢吞吞。太久没有吃到米饭与酱油调料，在一间寿司店前迈不动步伐了。实际上那是一家酒吧，可能在岛上把寿司当作下酒的花生米吧。坐席上已经有不少喝醉的人，捏寿司的又是个金发碧眼的男孩。此前多次吃过西方改良口感的寿司卷，用大量蛋黄酱打底很扎实也很腻味。但思念大米的能量值已经超越了嫌弃蛋黄酱的能量值，这就变成了非吃不可。

这是一顿晚上九点后的晚餐，多米坐下后安静地等待她的黄瓜手卷。小朋友出生到现在，与我们都没有分开过。因为经验源自于育儿书籍，所以我们特别认真地遵守着吃喝拉睡各种习惯养成。但旅行在外，有很多不受控制的因素打破她的习惯。一直亲密接触，你总会觉得对她了如指掌。行前总有忧虑，会预想她哭、她作天作地，结果几乎什么都没有发生。在密不可分的亲子关系里面，也许需要多给她机会可以打破我们的惯性思维。

多米，我们走吧

岛上这餐寿司很对得起我们的冒险选择，金发厨师没有用西式改良。久违的亚洲酱油与米饭，甚至还有个日本的开胃小酱菜。我们没有像其他客人一样喝酒，并把寿司当作下酒菜。旺盛的食欲让我们保持了理智。

从吃饭的地方起身离开已经是午夜了。巷子里到处挤满了狂欢的年轻人，几乎是以肩膀贴肩膀、屁股贴屁股的方式插蜡烛，音乐很响，每一个酒吧都放着自己的音乐，混合在一起。想从原路返回，也没有容身走过的空间了。有点好奇，他们听着音乐但又没有空间起舞，年轻人的嗨点就在热闹或聊天中。

赫瓦尔岛的这个午夜也是多米有史以来第一次做夜游神，我和鲍鲍也何尝不是呢？在小朋友的带领下，过上了以前都无法想象的规律生活。偶尔这样一次夜游，只是一家人顶着星光走走也觉得有点兴奋。从巷子里挤出来后，沿着海岸步行回酒店。港口星星点灯如画似梦，海湾内的水平面异常平静安宁，与巷子里面的火热氛围恍如隔世。

岸边有人在随手捞海胆，打开手机夜灯一照，靠近岸边的水域挤满了黑黑的海胆。刺毛球一样的海胆上岸后，慢悠悠就地打滚是它们的前行方式。克罗地亚人应该不食用海胆，我们也从没有在餐馆见过，所以海里面的海胆几乎称得上是泛滥了。坐在岸边的三个年轻姑娘也为海胆的可爱发出惊叹声，闲聊中知道她们是毕业游的学生，错过了最晚一班轮渡而在岸上坐着，准备等着天亮迎接日出再赶船。人生还真是奇妙哎，自己也是这样熬过夜，满不在乎挥霍着青春一路长大，直到现在变成多米的妈妈。

夜光把一家人的影子拉长，月亮西垂，仰头满空繁星，多米和爸爸为此伫立沉醉。我们看到了和绘本里面一样的密集星空图，星座间隙都快分不清楚了。海风吹动树叶的沙沙声，昆虫躲在草丛里面的鸣叫声，赫瓦尔岛的狂欢也分给了大自然。我看着这个抬头望星空的小朋友，多米啊，你是这个地球上的新客人，我们是你的带路者。可你又帮助我们寻找回来成长岁月里遗漏的细枝末节，谢谢你哟。

多米，我们走吧

别出声

别出声

你看，它就要出来了。

大山的

山梁上

透着柔和的光呢。

天顶上，

还有

海底中，

好像有

光辉

正在融化呢。

常常给小时候的多米念这首小诗，

献给此时此刻，恰好。

14

墙

回程的缆车上，西边天空中出现了耶稣光，它从云层里渗出，晕染成
椭圆形的光晕。

多米说："天上开灯了，是一盏温暖的台灯呢。"

> 还可以举高高多久呢？还要一次，再来一次。那就只好是爸爸加油吧。

　　记得小时候跟着外婆生活在有高墙的老宅里。最南面的正门高墙上有石雕，外婆说雕刻着的是八仙过海的神话。但是我永远都没有看清楚过，因为墙太高了，我太矮了。听说很早的时候，东墙外有大片属于自家的空地还有河流，但是在特殊的年代被征用后就再也没有回来了，南墙的正门也被封闭起来了，不能从正门出入。东墙门就变成了大宅子的正门。

> 这样的台阶高低起伏，红色的屋顶忽而近得触手可及，忽而又远得只剩一个色块，嵌入在蓝海与蓝空里。

　　东墙门是用铁皮包裹起来的两扇门，在我小时候它也渐渐失去了墙门的作用。大宅里已经住上了七十二家房客，难免嫌进出不方便而常年打开着。有些铁皮已经斑驳脱落，或者卷了起来。在百无聊赖的时候，我也会用木棍蹭着铁锈划来划去，试图在铁皮上写字。记得东墙门的内侧有一张纸牢牢地贴着，上面用繁体小楷字体写着竖排的文字，外婆说那是太爷爷的字迹。以前，哪怕太爷爷的年纪再大，也要亲自负责熄灯之后检查大宅的火烛。他在全黑的宅子里穿行自如，那些熟悉的通道与廊下或者是柴火间，闭着眼睛也能顺当地行走，黑暗里假如有一小点火星那是绝对没有藏身之地的，这个叫作小心火烛。外婆说，老宅的墙都是风火墙，按理说就算贴隔壁有火灾也是烧不到我们家的。所以，太爷爷只要每天检查好自家的火烛就可以了，插上东墙门的门闩，安安心心才能去睡觉。外婆的娘家，也是这样有高墙围起来的老宅。曾经外婆也带我去看过，指着一大面风火墙说在她小的时候遇到了火灾，但因为风火墙的缘故，大火烧掉了左右邻居，唯独跳过了自家大宅。高墙保太平啊。

　　自从住进了陌生房客，老宅几乎被分割成一间间小屋，每间里面都是一户人家。外婆会如数家珍每一家的故事，那一户户人家从初期闯入的陌生人角色渐渐换成如一家人似的融洽。从前的日子，大房子多热闹啊。表舅说，在动乱的年代里，白天外面再混乱，晚上关起东墙门来，大人们还是安安定定打打麻将。他说，墙门一关就行了。

> 君临城真的可以让你觉得自己是个君主，幻境。

多米，我们走吧

　　曾经还有抗美援朝凯旋的解放军部队，齐刷刷地列队在东墙门下。天空下着暴雨，解放军敲响了东墙门，得到家人的允许暂时在老宅内歇脚几日。高大的战马也在花园里吃草。部队里为了庆贺战功，而蒸了大馒头杀了鸡鸭，还分给墙门内的主人家与那些房客。临走的时候，在外婆的花园里打了一口井，往后这吃水用水就更加方便。房客们也每天来花园里打水，夏天在井水里冰西瓜，朴素而又快乐的岁月。

　　妈妈和姨妈都很漂亮，在水乡古镇上人脉简单，互相都熟识，大家传说是因为她们都是住墙门堂里的大小姐，所以才那么漂亮。

　　为什么有墙门堂就漂亮呢？小时候的我从来就想不明白。

　　往后，突然有一天老宅要拆了。外婆是最后一个离开老宅的人，按照习惯，最后还是把每一面墙门都关上。我们给老宅拍了一张最后的俯览照片，之后就没有去翻看这张照片，因为这屋子里的每一扇窗户和它配套的铜把手位置都记得清楚，还有那些长廊或者伸手不见五指的角落梦里都会走几遍。即便是几十年后的今天，闭上眼睛也能画出每间屋子和家具的摆放。

> 海风间，眯起眼睛，红屋顶是一片通往亚得里亚海的魔毯。

在那么多年之后，我登上 Minceta Tower 顶端，这个最北端的瞭望塔可以一览杜布罗夫尼克整个老城。站在塔上，视线的高度与老城的屋顶几乎齐高，这是个异乎寻常的视角。橙红色的屋顶是无序排列的，近处似乎触手可及，远处又是层层叠叠热闹拥挤，这些橙红色一直延伸到浓蓝的亚得里亚海戛然而止。红、蓝与灰白，仅有的三种色彩。

　　突如其来地思念起小时候的老宅，也是这样层叠高低不一的瓦片屋顶。一个是江南古镇水墨画般的黑与白，一个是亚得里亚海上浓烈油画似的橙与蓝。记忆与现实像是两个各自飘浮在空气中的气泡，梦幻迷人，还没能听到"啵"的破碎声，心里就涌现起小时候熟悉的场景。海上吹来的风明明不带有任何潮湿青苔气味，我却是在那五分钟里面迷失了。

极目远眺，杜布罗夫尼克老城的屋顶大部分都是簇新的，在阳光下会折射琉璃亮光。二十年前的那一场克罗地亚独立战争中，南斯拉夫人民军在这里投下了几十颗炸弹。我这个年纪的人估计都只有在广播里面依稀听到过有关那场战争的点滴。七个多月的围城炮轰，摧毁了古城里大半的建筑。这个早在 20 世纪 70 年代就被列入世界文化遗产保护的古城，因为战争只剩下残骸与沧桑。曾在网络上看过几张战争时期的黑白纪实照片，被炸空了屋顶的中世纪建筑、撤离古城难民那不舍与渺茫的眼神、克罗地亚保卫军在塞德山远眺古城。而今站在这里，几乎看不到一丁点儿战争的痕迹，不光是城市的建筑，还有这个城市的人，经历了近代那样的战争伤痛而丝毫未将伤痕与痛楚留存在表面。只有部分老旧浅黄土色的瓦片，在传达着古城本来的颜色与历史。

　　游历人文历史古迹，我习惯会稍许预习下所遇见之地背后的故事。杜布罗夫尼克的城墙是种震撼人心的美。它围绕着古城，周长大约有两公里多，被称为中世纪时期欧洲最伟大的防御系统。从 9 世纪第一组城墙的起建，到 15 世纪强化防御工事完成，历经了几代。在地球另一端的万里长城也是因为抵御来自北方外族的侵略，而历经代代修筑终成一个难以超越的伟大建筑。虽然两者的规模相距甚远，甚至重隔了万里山山水水，但异曲同工的战略保卫部署妙思居然彼此相遇了。

我们徒步围绕城墙行走一圈，尽管毒日当头照，但眼前所见壮美的气势几乎超越了视觉的极限，仿似一个 CG 动画高手来天马行空构筑的这个古城。慢慢行走在城墙间，这是与它最亲昵直接的接触了。不同于面向陆地防御一侧城墙的厚实感，面向亚得里亚海一侧的城墙直接自礁石拔地而起，一路上看惯了一片平静的海，在此却蓝潮汹涌。自城墙上探头往下张望，晕眩。虽不懂得兵法之道，但看这地势险要，该是历来杜布罗夫尼克争夺战争不断的缘由了。

> 从缆车里望出去，老城越缩越小最后成了一条鱼骨的形状。

多米，我们走吧

多米在沿海一侧的城墙上看到一个小小的瞭望哨岗。它用黄砖加混凝土做成，还有个铁栏杆门可以把里面的人锁起来。看起来这个设施比较奇怪，好像是近代战争中的特别产物。难道是用战俘来负责放哨守望？否则为何会有外置的大锁呢？尽管我有这么多的疑问未解，可对于孩子来说，它就是一个很好玩的地方。多米伙同爸爸一起躲在了逼仄的哨岗内，主动把铁门关起来，此刻是他们笑嘻嘻地在里面体验着囚禁起来的感觉。当年这应该是一个苦差吧，我摸了摸铁栅栏门框，看着如此狭小的空间，眼前不禁浮现出战争年代的画面。士兵站在哨岗内，远眺在一片蓝色海平面上，枯燥压抑。他应该怎么也想不到多少年之后的今日，这个小岗位会变成孩童嬉戏玩乐的玩具。海还是那个海，转头望向另一侧被橙色屋顶劈开的深巷子，时光变迁，多少的生动在其中一幕幕上演。

故乡老宅的高墙上也有小小迷你的一个瞭望窗口，我们幼小时喜欢在那里探头探脑，想象着自己是一个哨兵，带有使命感保卫着自己的家，或者就守着看看路过的行人又是哪家阿伯。到底老宅的这个瞭望窗口派什么用处，家人也没有任何解释，后来它由外向内被一块旧木板堵上了，像一个内窗台似的，被摆上两盆夜来香。夏夜里，夜来香盛开，特殊的香气守卫着小孩们，防御毒蚊子的进攻。

"爸爸，抱。走不动了。"

多米，我们走吧

"爸爸，抱。走不动了。"多米嗲声嗲气打破了我的回忆，她扑在爸爸腿上撒娇求抱。

前面还是条长长的城墙路，遮日是不必想了，尽管听听只是两公里多长的距离，城墙随着上坡下坡的地势，也是很费体力。爸爸抱起了多米走接下来的路。

城墙的视角太过于奇妙，你可以近距离地看到古城里生活的细枝末节。有时城墙的高度与很多房子的屋顶齐平，也可能与楼上半开的窗户齐平。随意看一眼，那里是某户起居室靠墙的木桌上摆着鸟笼，羽毛绚丽的鹦鹉在叽喳，这边有微胖的女子在梳头，低头看还有半百的老人垂腰在梳理花园里的杂草，有床单或是衣服晾晒在一片残垣中，偶尔看到气定神闲的猫轻巧地穿行在屋檐或围墙上。这样的场景气息似乎太过于熟悉，千山万水之隔的故乡穿越了时空又陡然呈现在回忆里。"你站在桥上看风景，看风景的人在楼上看你。明月装饰了你的窗子，你装饰了别人的梦。"

再次见到古城，是傍晚。

地中海气候和上海也真是无差，焦躁午后再美的景致也敌不过阳光中毒的危险。自从在赫瓦尔岛睡了午觉之后，发现这样笃悠悠的节奏是合适的，同一个太阳却有每日不同气质的夕阳盛景，追逐这种细微又奇妙的美，变成这次旅行中奢侈的习惯。照例休息了半天，在阳光最温和的时候再次出来。

小孩很雀跃，听说是要坐到塞德山顶的缆车。在排队等着缆车的时候，看到远处的罗沃里杰纳克古堡像是被海龟驮着吞吐火球，它本是一个独立的城堡，为了守卫西侧来自于海上的侵略。它在远离古城的西端，更靠近海上的太阳，看起来孤独又壮观。就算这里不是我的故乡，也要发自内心地感恩创造这些建筑奇迹的古人们，为他们自豪起来。

> 飘浮在这片橙红与湛蓝色彩间，会想要哪一首乐曲伴奏。

站立式的缆车车厢很大，一次可以集中运送二十几个成年人上山顶。虽然只是大约四分钟的行进路程，但面对的是亚得里亚海与杜布罗夫尼克古城的盛景，大家都想站立在面向古城的那一侧。小孩子自然也是喜欢登高赏景，一个转身就依靠在最前沿的栏杆。以为全透明的玻璃会让她恐高胆怯，但并没有。投入又认真地遥望着缆车离开的古城，她戴着有蕾丝花边的草帽，在一片阳光的斜影中竟然有了些小小少女的气息，禁不住让人按下了快门。照片可以留住那一秒钟时间里的记忆，往后每一次的翻阅都会有感知当初按下快门时的魔力。

从山顶鸟瞰杜布罗夫尼克，这个《魔女宅急便》里面能看见海的城市。动画里与我重名的魔女 Kiki 在寻找着黑猫吉吉，她骑着魔法扫把飞越过这里的时候，被看海的城市吸引，停脚。穿行在橙色屋顶的古城里，寻觅那只黑猫。

鸟瞰山下，它像一枚鱼骨，镶嵌在如镜的海色里。落日夕阳一会儿又把它折射成一枚琥珀，只能远远地观望，千百年来往的时光将它褪色又添色。经历过地震与战争，它还是可以担负起"天堂的样子"这个拜伦的美誉。城墙就像是巨人环抱的臂膀紧紧地拥抱着家。在 20 世纪 90 年代那场独立战争中，塞德山顶是克罗地亚保卫军护城的基地。日出日落，自山顶遥望向这枚珍贵的琥珀鱼骨，是用尽能量也要保护的。

拿破仑赠送的巨型十字架在山顶重新又被竖立。远处的云层越积越厚，太阳落下去了。在大片大片墨水蓝中依稀透露着淡淡的蔷薇色。山下的古城这时候变成了单一的浅灰蓝，这个熟悉的颜色曾一次次出现在我成长岁月的梦中，包裹了童年一切的记忆。

回程的缆车上，西边天空中出现了耶稣光，它从云层里渗出，晕染成椭圆形的光晕。多米说："天上开灯了，是一盏温暖的台灯呢。"

我突如其来地想念起外婆，是的，在别人的故乡别人的古宅里。

多米，我们走吧

15

小岛海钓

"妈妈,放它回家找妈妈。多米有妈妈,小鱼也有妈妈。"

"嗯,回家哦。小鱼快快长大变人鱼姐姐哦。"

　　在一条看起来形似古老的木头渔船上，我们刚送走了最后一丝阳光。四周融入漆黑，太阳落下去的速度太快，而让我的眼睛适应不了突然袭来的黑暗，这种黄昏时分我总会有些夜盲症表现。船夫很绅士，特意伸手拉了一把，我是最后一个跳上岸的人。 船夫和大家挥手道别之后，拉动了一下船内发动机，潇洒地消失在漆黑的海上。

　　钓鱼归来了，鱼呢？"鱼又回家了呀。"

多米，我们走吧

向导先生是在中国长大的克罗地亚移民，年纪轻轻却异常勤劳，涉足产业无数。在穿越克罗地亚海岸线的车程里，一路与我们描绘着亚得里亚海沿海居民的懒散。一年有大半的时间都在度假，夏天城市都空了，所有的人都在海边晒太阳，冬天又要去滑雪。克罗地亚也不是富裕的国家，但比起用力赚钱，他们的兴趣更多还是在享受生活方面。他还说了几句克罗地亚有趣的民间俗语："每一个人都是哭着出生的，所以这一生都要注意休息。""明天可以做的事情不要今天就做。""每天工作越少越好，如果实在必须做的就让别人替你做。"听着真是让"工作就等于生活的"勤劳美德价值观崩溃噢。

以往 7、8 月是海边的旺季，但这个月特别炎热，海边度假的人已经出没。在不缺乏玩乐基因的克罗地亚，与山与海与森林有关的一切户外活动都可以轻易找到。

所以，我们决定出海钓鱼，去杜布罗夫尼克的离岛。

多米没有参加过钓真鱼活动，但她也不缺钓鱼的经验。家里或学校有好几种钓鱼玩具，从一岁玩到现在，逐步升级难度。她很有自信，可以应付那些鱼儿。可能自信源自于某次在公园垂钓游戏里的大满贯。看着小朋友也兴致勃勃的样子，我已经忘却了以往的失败经验，很想自我突破一次耐心力。

港口停泊着许多现代游艇，我们预约的是传统木船，当然它只是外形上非常具有古韵，最终还是一艘隐蔽版的机械动力小快艇。船体被深褐色的油漆刷得油亮，看起来是散发着精心维护的气质。雕刻成罗马小柱一样的木栏杆将船体包围起来，客人可以安坐后凭栏远眺。船头高高扬起，手腕粗的麻绳结支起一面风帆。船舵的造型也不出意外，遵循了老派的经典风格。当船夫掌舵，海风吹起了他的浅褐色头发，眯起眼睛，透露着对悠闲感的满足。摆弄着船舵的手臂上有着幼稚的文身，与大多数克罗地亚人一样，船夫除了打招呼之外不太会说英文，很长的时间里都在沉默，更多的是与我们用笑脸表情来交流。但看得出来，他很享受这份工作。噢，不。也许他并不觉得这是工作。

多米，我们走吧

小岛海钓

　　我们的木船能开得飞快，溅起的浪花偶尔飘打在我脸上。"妈妈，我也想被海水亲一下。"多米看到我被海水溅到的窘样，真心欢喜。她坐不定也站不定，但就是没运气被海水轻吻。船体的木栏杆将我们保护得很好，海湾里也很风平浪静，就让小朋友自由地在船上走动。不像是泰国海钓的游艇会经常遇到大风浪，一个不稳当就有掉下海的风险，所以记忆里每次在泰国是需要穿救生衣，并且总会有船友晕船发作。这地球上的海与海相通，可脾气还真是不一样。

　　经过了一些小岛，望过去这里是没有什么细沙滩的，大部分都是灰色的石子地或者粗粒沙。岸上有几个老人在肆意地晒天体浴，阳光对欧洲人来说太重要了，一身古铜色皮肤可能在克罗地亚是财务自由的证明？那船夫应该很骄傲吧？他的银色浅发搭配红褐色的皮肤几乎就是代言人，而在地中海上你能拥有一条船，听起来真是让人羡慕。每天载着一群菜鸟游客出海垂钓，无须应酬搭话陪聊，嗯，真是天堂啊。

多米，我们走吧

小岛海钓

在我胡乱思考间，船停靠在一个小岛上了。岛上有个停泊的小码头，三三两两的少年在玩跳水游戏，扑通跳下水后又快速爬上岸，继续再循环地跳，阳光下能清楚地看到他们头发上的水珠在蹦跶。码头的另一侧是一个浅滩，更多的人在水里泡着玩，不管是少年还是老人。我见到海水里有一个异常矫健的身影浮浮沉沉，中分披肩银发，眯起眼睛认真看竟然是一个老年人，浑身几乎没有一块多余的赘肉。不明白这个年纪是怎么运动才可以保持这种身型，同时还兼具一种酷劲，让我眼睛都不想挪开。作为一个没打算下水的人，出现在这里，感觉有点奇怪。浅滩旁边有个可以喝一杯的地方，简单地摆放些折叠椅。如果是跳水玩累了，去喝个玻璃瓶汽水，有点儿亲切的暑假生活。船夫示意大家可以歇脚喝一杯，这应该是我们一个中途临时停靠休息的小岛。除了水花的声音，也听不到任何人大声讲话，喝了几口冰啤酒真是透凉到肚皮里面去了。

钓鱼对外行来说，真是一个看起来有趣，而做起来无趣的活动。

鲍鲍一直讲他很迷恋钓鱼，但并没有机会与朋友相约同行。我们身边也没有年纪相当的友人喜欢这项运动，倒是家里的舅舅或姨夫等长辈会经常分享战果。长辈们毕竟气定神闲，守住一个养殖鱼塘，是的，看起来也与多米钓假金鱼一样胜券在握。鱼塘的鱼儿总会上钩，也许水下密集程度还真的不如脱离水面来得轻松。小时候的我曾与长辈一起去过鱼塘，那天鱼儿纷纷跃出水面掉落在草地上，捡鱼可比钓鱼容易，让

我一直记得这个超级大丰收的钓鱼日。不行，鱼塘是没有挑战力的。

　　之后，每次和鲍鲍去海边度假，总要约几回海钓。可我自从鱼塘捡鱼儿大丰收之后，就再也没有成功过了，原因是缺乏耐心。但鲍鲍则相反，他有足够的定力与耐心，无论是面对钓鱼活动还是与我冷战。在性格上我们是截然相反的一对，经历多年的共同生活，也不能互相改变半分。他在不同的海域钓过各种稀奇古怪的鱼，例如一条立方体的鱼、一条鹦鹉嘴的鱼。这个远比河流里的鱼儿有趣，海里面有太多意想不到的生物。那此番钓鱼主力军还是鲍鲍吧。

　　船再次出发，没过一会儿，就来到我们此行目的岛屿了。码头前海水清澈见底，阳光斜射入海底，折射出流动的幻花。小小的鱼儿穿越在光线之间来回游动。这个小岛比之前歇脚喝酒的岛屿更大，但更为安静，面对海有一墙的夹竹桃怒放，在满眼绿色植物中透出点粉白生机，与蓝色的天映衬起来度假味十足。停泊靠岸，只有我们一

多米，我们走吧

行几人。码头的路尽处竖立着一个矮矮的铁皮看板，走近看原来是岛屿的地图，它的名字为 Kolocep。

船夫拿出钓鱼竿，在阳光下开始穿鱼线备诱饵。

"咦，怎么回事？要给小鱼吃面包？给我也来点。"多米抓破脑袋估计也想不到，她熟门熟路用吸铁石钓鱼，法则竟然变了，天真小孩一定要慢点长大噢。

不晓得是克罗地亚传统还是渔夫独家秘方，这种像生面团又像硬奶酪的诱饵竟然是一块白肉，并没有香气。水域是那般清，诱饵在水里会吸引到鱼儿吗？试试吧。船夫安排我们在码头上钓鱼，回头看看海岛的海岸线长长的，四处无人，夕阳下散步倒也是一个雅境。

鲍鲍带着多米一起把挂了诱饵的鱼钩抛入海里。"爸爸，看我的！"小朋友总是

多米，我们走吧

自命不凡，她带着点骄傲的样子。成人的鱼竿给多米的小身躯来用，真是又大又重，爸爸和她一起四手相持，就等鱼上钩了。"这可真是不太一样啊，妈妈你知道吗？"多米招呼着我要注意她，小脸正好面对着太阳，眯起眼睛来望着鱼线。

木船就停泊在旁侧，这时候的阳光已经开始收敛起那种咄咄逼人的劲儿，船随着微澜轻轻晃动，我想躺在船舱围栏边看他们父女俩的这场守候。船夫也进来了，"这是你们的饮料，噢，对了，我准备了白葡萄酒。"他打开冷藏箱，给我展示了各色玻璃瓶子。在岛上听到有白葡萄酒，真是如沐春风般美好。倒上清亮的酒，"祝你们成功哦！"

看起来鱼儿们不愁吃喝，这父女俩的鱼钩卜去半天都没有回应。小朋友有些沉不住气，毕竟在玩具领域多米也是职业钓鱼水平，比的是速度与无漏网之鱼。我继续喝着小酒，时间可真是快，还很清晰地记得多米是什么时候第一次玩钓鱼游戏呢。当年是一岁多的小宝宝，第一次去仝天制的小托班，她还不会说话。蒙特梭利的幼儿园要求有秩序感的自由，所有的教具与玩具都被收纳在托盘里，小朋友可以自由选择有兴

多米，我们走吧

趣的小玩具。在这全新又陌生的小空间里，多米谁也不认识，懵懂拿起的第一个玩具就是钓鱼拼图，从此这就成了她的最爱。想当初，我曾为多米分得清鱼儿的颜色而感动，多米那笑成两道弯月的眼睛，小胖脸还透露着吃奶的稚气。"Yeah！Fish！妈妈你看，我们成功了！！"转头望向他俩，多米已经激动得跳跃在半空。

是多米和爸爸用四手相持的高难度动作钓起来一条小毛鱼儿。

"小鱼真的好可爱，可是嘴巴会疼吗？"见识到鱼钩威力的小朋友，顿时不忍心起来。"嗯，那你说怎么办才好？"爸爸想看看多米会怎么说。

鱼儿甩着尾巴挣扎，它真的太小了，让人于心不忍啊。

多米，我们走吧

"妈妈，放它回家找妈妈。多米有妈妈，小鱼也有妈妈。"她的眼睛里发着光芒，望向爸爸。

"帮忙吧，帮帮小鱼。"

实际上，爸爸每次钓鱼都习惯把鱼儿放回家，好啦，这下父女是心连心。小鱼一下子跃入水里，只看到一道银色的光蹿进水波里。水里有好多的小鱼围成各种圈圈，像在跳鱼族的舞，一点儿也没办法辨别刚才被放走的小鱼是谁。

风在吹着夹竹桃的花儿，猫在被带刺的海胆吓到炸毛，我们在浅海边走走。没出海的小船搁浅似的停泊在沙滩上，静静的只能听见鞋底与沙粒的摩擦声。

"嗯，回家哦。小鱼快快长大变人鱼姐姐哦。"

小小人向着海里挥手再见，她常会和树叶再见，和垃圾桶再见，和雨再见。什么都可以再见，多米的幼稚却没办法再见，每天都比前一天少一点点。

妈妈

橄榄为什么苦苦的

因为你的舌头是甜的呀

妈妈

星星为什么挂在海上面

因为它在照镜子呀

妈妈

太阳为什么每天要回家

因为月亮排着队要来看你呀

妈妈

海的岸上为什么没有沙子

因为海浪懒得和小石头一起减肥呀

妈妈

小鸽子为什么喜欢在广场上散步

因为要等着教彩色泡泡一起飞舞呀

多米，我们走吧

多米，我们走吧

多米，我们走吧

多米，我们走吧

感谢合作伙伴"利奥梅"

对于此次克罗地亚之行的周到安排

微信： 878967067

公众号： 巴尔干小毛驴

朋友 看我们

阿 Sam
旅行作家

我们在世界上行走，从一个人变成两个人，从两个人变成一家人，为何如此迷恋在路上的感觉？我想看完 Kiki 这本书你就会有答案，在忙碌的生活之余很多人无法平衡家庭和旅行，我一直觉得不能因为有了小孩就放弃旅行和你的梦想，而是应该带着他们一起去看世界一起实现那些梦想，你们一起经历的过程永远比学校书本上获得的知识要更多，这是一本非常温暖的书，诚意推荐。

林枫
899 都市广播《就是爱旅游》主持人

"文艺女青年这种病，生个孩子就好了。"Kiki 却成功"越狱"。作为家有和多米差不多大的孩子他妈，我深知孩子醒着时当妈的那份操心碎嘴和孩子睡着后当妈的那种世纪疲劳，哪里还容得下什么诗和远方。Kiki 让我重新审视自己的状态：即便深陷在"当妈"的蓬头垢面里，也要留一个出口给旅行，让孩子看到一个陌生的、闪着梦想金光的、不甘于世俗的个性女人。你如果只看 Kiki 的朋友圈，会知道她是一位很有搭配能力的时尚妈妈；你如果能和她喝咖啡聊天，会知道她是一位亲力亲为的操心妈妈；你如果能阅读这本书，会知道当妈的另一种可能性：克服掉带孩子一起旅行前的种种焦虑，衔接上未成为妈妈之前的那个文艺女生，在旅行中创造一种全新的气场。一位精神富足的妈妈，才能带领出充满想象力和同理心的眼界宝贝。

张思川 /Sic

儿童品牌 PUPUPULA 创始人

Kiki 是我认识了 16 年的朋友，在我印象中她一直跟文字和图片打交道，不仅创办了中国第一本街头文化杂志，而且她从来没有停止，在结婚生孩子后更是进入了创作的高峰，把她的热情投放在家庭、孩子身上，去记录，去探索。我知道带着孩子旅行并不是一件很优雅的事情，但趁着孩子读书前一起去旅行的经历是无论什么都无法替代的，我希望可以从 Kiki 的视角，更重要的也是从孩子的视角去感受旅行的意义。

王震宁

中青旅遨游网上海总经理

对于美好事物 Kiki 总有着独特的审美，绝伦的照片，清新的文字，有趣的插图，优雅的排版，令人深刻的旅行配搭，多米又拥有了一段美妙的旅程。Kiki 坚持做喜欢的事情，和她自己喜欢的一切在一起。跟随她吧，探索你未知的美好。

李晟 nic

主持人 NPC 品牌创始人

我应该是看着多米长大的叔叔，再准确一些我是跟多米爸爸妈妈一起长大的叔叔……哈哈。

跟 kiki、鲍鲍认识多年，从他们还都是单身开始。

kiki 曾经是一个崇尚自由，个性叛逆的女生，结婚生娃这件事情在我看来跟她没啥关系。

鲍鲍是一个个性细腻，常年面带笑容，看着就是那种班里老师最喜欢的类型，后来工作了也是一样。

这两个朋友在我们脑海里很难画上等号，但人生就是这么的奇妙，看似不太可能的，最后才是我们真正的宿命……哈。

我常说孩子是来这个世界改变我们的人，他们的出现就像一面镜子，我们的好坏都会在他们身上映射。

自从有了多米，作为朋友，常常在朋友圈看到他们一家三口开心地在外面玩耍，可能是很远的陌生国度，可能就是邻居家的

聚会，反正能出去就不在家里待着……

这本书会告诉你作为父母该如何跟孩子相处。

这本书会告诉你作为父母该如何关注孩子的成长。

这本书更会告诉你如何在跟孩子相处的时候让自己变得更好。

孩子的童年转瞬即逝，回想我们自己的童年，能留下的美好记忆会有多少，如果这些记忆是温暖的，是无论我去到哪儿，背后都是两个巨大的身影支撑着我们，面对任何的困难我们应该都不会畏惧了吧。

冉莹颖

世界拳击理事会 WBC 大中华区主席

家，对我而言，是从两个人的小幸福，到三个人的简单快乐，再到四个人吵吵闹闹的满足。旅行，是一次重新寻找生活惊喜的过程，是和家人一起去寻找别人故事里的宝藏，感受感悟到人生的点滴，或许，这也正是旅行所赋予的意义。Kiki 一家人的克罗地亚之旅，点滴间是一种简单轻松的快乐，看见旅行中"熟悉"的君临城墙，会唤醒记忆中的旧时光，多米说出的几句童言童语，也总是富有诗意富有童趣。旅行的过程中，多米在学习在成长，在感受异国文化的同时感悟这个世界的精彩、包容这个世界的不同。对我们而言也是一样。书中多米看见耶稣光说是天上开了一盏温暖的台灯，其实，这也是在每个旅行者、每个读者的心中开了一盏温暖和煦的灯。